Der Krieg in Mutters Augen und Großvaters Zigarrenkiste

Zum Inhalt: In den Dingen, mit denen Menschen gelebt haben, findet sich ihre Geschichte wieder. Diese Erfahrung macht eine Frau, die nach dem Tod ihres Vaters die elterliche Wohnung auflösen muss. Während sie sich allmählich von Zimmer zu Zimmer vorarbeitet, lösen all diese Dinge, über deren Bewahrung oder Entsorgung sie entscheiden muss, Erinnerungen aus. So bewegt sie sich nicht nur durch die vertrauten Räume, sondern auch durch ihre Kindheit und Jugend und durch die Geschichte der Familie in der noch jungen Bundesrepublik. Wiederaufbau, Wirtschaftswunder, Reisewelle, gesellschaftlicher Aufbruch: im Kleinen spiegeln sich die großen Entwicklungen und Veränderungen wider. Doch zwischen den Dingen, unter allen alltäglichen Hinterlassenschaften entdeckt sie immer wieder die Spuren des Krieges. Und diese reichen weit, bis in die Seelen der Nachgeborenen. Ein berührender Nachruf voll Liebe und Trauer auf eine Generation aus furchtbaren Zeiten.

Die Autorin: Ziluchna Gold beschäftigte sich über viele Jahre mit Familiengeschichten, der eigenen ebenso wie der von Freunden, Ratsuchenden und Anderen. Daraus ist in Verdichtung diese Erzählung entstanden.

ZILUCHNA GOLD

Der Krieg in Mutters Augen und Großvaters Zigarrenkiste

Erzählung

Bibliografische Information der Deutschen Nationalbibliothek:
Die Deutsche Nationalbibliothek verzeichnet diese
Publikation in der Deutschen Nationalbibliografie; detaillierte
bibliografische Daten sind im Internet über dnb.dnb.
de abrufbar.

Satz, Herstellung und Verlag: BoD – Books on Demand GmbH
Cover-Gestaltung: www.gloriakeller.de
(mit freundlicher Genehmigung der Arnold André GmbH&Co.
KG/Handelsgold)

ISBN: 978-3-7519-4701-5

**Für die Nachgeborenen derer,
die in dunklen Zeiten lebten**

Die Frau, die an einem regnerischen Wochentag in aller Frühe das große Mehrfamilienhaus betritt, ist einige Jahre nach dem Krieg geboren worden. So ist sie nun nicht mehr jung und noch nicht alt.

Unbemerkt gelangt sie über mehrere Treppen in den langen, schon etwas abgenutzten Gang, an dessen Ende die Wohnung ihrer verstorbenen Eltern liegt. Unter einen Arm hat sie einen dicken Packen aufgefalteter Umzugskartons geklemmt, der ihr ständig zu entgleiten droht. Sie hat die Räumung schon viel zu lange vor sich hergeschoben. Es wird Zeit, die Dinge zu ordnen und Entscheidungen zu treffen.

Die Eingangstür ist, wie alle anderen sieben Türen dieses Stockwerks, dunkel furniert und dick, mit Sicherheitsschloss und Spion. Wie immer muss sie den Schlüssel mehrmals im Schloss drehen, bis sie öffnen und eintreten kann.

Leise schließt sie die Tür hinter sich zu, dreht den Schlüssel einmal im Schloss und lässt ihn quer stecken. So wurde es hier immer gehandhabt.

Dann öffnet sie rasch eine Tür neben dem Eingang und kann endlich die sperrigen Kartons fallen lassen. Sie schaltet das Licht an und wirft einen schnellen Blick auf das Sammelsurium aus schlichten Metallregalen und Kisten in der Abstellkammer, in denen Einmachgläser und Dosen, Getränketragen, Flaschen, Schuhe, Putzmittel und Heimwerker-Gerätschaften gestapelt sind, davor lehnen Bügelbrett und Trocknergestell, Einkaufstaschen

7

und Schlüssel hängen von diversen Haken. Die Frau nickt kurz. Diesen Raum wird sie zügig und ohne langes Nachdenken ausräumen können. Das meiste darin ist abgenutzt, abgelaufen oder eingetrocknet. Weg damit.

Sie stellt ihre Tasche ab und hängt ihre Regenjacke an die Flurgarderobe. Dort hängt die Jacke ihres Vaters sauber über einem Bügel, am Haken darüber eine seiner zahlreichen Kappen. Unten stehen die Sportschuhe, die er auf seinen täglichen Wanderungen über die umliegenden Felder getragen hat, an der Seite etwas ausgetreten, erdige Streifen kaum sichtbar über den Sohlen.

Als sie seine Jacke streift, zieht ihr ein feiner Geruch in die Nase – nach Waschmittel und Seife, begleitet von einem winzigen Hauch Schweiß, darüber Spuren würzig-säuerlichen Tabakrauchs, etwas angenehm Metallisches und noch ein wenig herbes Rasierwasser – all das nimmt sie gedankenlos in dem kurzen Moment ihrer Bewegung wahr.

Und dann ist er plötzlich hier.

Sie hielt ihn in ihren Armen, sein zerbrechlich gewordener Leib kämpfte auf seinem Krankenlager unter Krämpfen und mit nach hinten gebogenem Kopf um Luft. Bei jedem Aussetzen des Atems rief sie ihn verzweifelt wie ein Kind zurück, während sie ihn zugleich zum Gehen drängte, da hier nur noch Schmerzen auf ihn warteten.

Er hatte ihr, wie Väter selten tun, vertraut. Immer.

8

Ohne Fragen. Und erst recht in seinen letzten Stunden. So machte er sich ohne Zaudern bereit für seinen letzten Weg, den er ohne sie gehen musste. Er ließ sie nicht lange leiden.

Und nun ist er hier, in den Gerüchen dieser sauberen, oft getragenen, von seinem altersschönen Körper ausgeformten Jacke und begrüßt sie so selbstverständlich wie ihr Leben lang.

Sie spürt die Wellen aus Schmerz und Trauer heranrollen, die sie seit Monaten mit der Geschäftigkeit ihrer Alltagspflichten einzudämmen versucht hat, und kämpft gegen die aufkommenden Tränen an. So wird das nichts. Sie muss sich zusammenreißen und es hinter sich bringen, also schüttelt sie die plötzliche Erstarrung ab und öffnet die Tür zum Wohnzimmer.

Die Rollläden der großen Fenster sind tief heruntergelassen, der vertraute Raum liegt in einem dichten, grauen Halbdunkel, scheint voller Leben und nur zu schlafen. Morgenlicht stiehlt sich durch die Jalousienritze und spielt mit polierten Stuhllehnen, dem gläsernen Aschenbecher von Murano, dem Chromgestell des Marmortisches, den Seidenkissen auf dem schweren Sofa, dem Bildschirm des fast neuen Fernsehgerätes in der Siebziger-Jahre-Schrankwand.

Nach dem Tod der Mutter hat er hier gewissenhaft gewirtschaftet und alles getreulich so belassen, wie sie es gerichtet hatte.

Sie geht auf die Fenster zu, lässt sie dann aber doch geschlossen, zieht die Rollläden nur etwas höher. Sie wendet sich der Schrankwand zu und öffnet Türen, zieht Schubladen heraus, klappt das Barfach auf.

Ratlos starrt sie auf die übervollen Fächer. Ihre Hand streicht zögernd über die Ansammlungen eines Lebens, Ordner, Aufbewahrungskästen, Alben, Briefe und Papiere, Vasen, Gläser und Flaschen, Aschenbecher und Zigarettenstangen, nie benutzte Mitbringsel und Geburtstagsgeschenke, sie verharrt unschlüssig da und dort und nimmt dann doch nichts heraus.

Sie überlegt, ob sie sich einen Karton und einen Müllsack bereitstellen soll, während sie gedankenverloren die Türen und Schubladen alle wieder schließt. Sie muss ein Ordnungsprinzip finden, nach dem sie vorgehen kann. Es ist gar nicht so einfach zu entscheiden, was fort kann und was aufbewahrt werden soll.

Ich rufe erst einmal zuhause an, denkt sie. Das Telefon steht auf einem niederen Schränkchen. Jaja, sagt sie, ich bin gut angekommen, keine Staus, es ging zügig. Sie horcht eine Weile zu und sagt dann ungeduldig: Nein, es geht mir gut. Ich muss mir halt einen Plan machen, es ist doch viel mehr, wenn man genauer hinschaut. Du, es dauert wahrscheinlich länger. Ja, das könnt ihr machen, aber im Gefrierschrank ist auch noch genug. Ja, ihr auch, macht's gut. Ich melde mich. Sie legt auf. Wenigstens etwas ist erledigt!

10

Angeregt durch das Telefonat wuselt sie einmal kurz durch die Wohnung, öffnet Türen und wirft rasche Blicke in die verschiedenen Zimmer, knipst das Badezimmerlicht an, öffnet die Wasserhähne über Badewanne und Handwaschbecken und beschließt, die Toilette aufzusuchen. Nach dem Händewaschen lässt sie auch hier das Wasser eine Weile laufen, um die Rohre durchzuspülen. Dann dreht sie das Wasser in der Toilette und im Badezimmer wieder ab. Ihr Gesicht im Spiegel ist blass. Kaffee, denkt sie, und dann Zettel und Bleistift und einen Plan machen. Sonst verliere ich mich in dem ganzen Zeug.

Sie marschiert also in die Küche, doch vor der Kaffeemaschine auf der stets aufgeräumten, sauberen Arbeitsplatte zögert sie.

Als er zum letzten Mal selber Kaffee kochte, sah sie ihm von der Tür aus zu. Da fühlte sie zum ersten Mal diesen heißen Schmerz, der einem mitten ins Herz fährt und die Brust zuschnürt. Er stand endlos lange vor dem Gerät, dann nahm er vorsichtig, als wäre das sein erster Versuch, die Glaskanne heraus, drehte den Filter in der Hand hin und her und stellte ihn schließlich ratlos beiseite, um sich dann reichlich verwundert an die Kanne zu erinnern, die er immer noch am Griff hielt. Stirnrunzelnd betrachtete er sie so lange, bis sie ihm offenbar ihren Zweck wieder preisgegeben hatte und damit auch die Verbindung zum Wasserhahn hergestellt war. So war es weitergegangen mit

11

langsamen, unsicheren Bewegungen, Wiederholen, Grübeln, Vergessen und Wiedererkennen. Schließlich hatte er es irgendwie geschafft, den Kaffee für sie beide zu brühen und sogar in zwei Tassen zu füllen. Er vergaß zwar Untertassen und Löffel, aber er stellte sie mit Milch und Zucker auf ein kleines Tablett. Als er damit aus der Küche kam, zog sie sich nach einem Blick auf sein Gesicht rasch zurück auf ihre Sofaecke und wartete dort auf ihn. Er sah beruhigt und fast stolz aus, dass er den Kaffee doch noch zustande gebracht hatte – ein bisschen wie ein Kind, das sich eine schwierige Verrichtung selbst beigebracht hat.

Aber tief in seinen schönen, alten Augen hatte sie einen ganz anderen Ausdruck gesehen: Wissen, das schmerzt, machtlos und stumm macht. Das Abschiednehmen hatte begonnen.

Sie entscheidet sich für Pulverkaffee und den elektrischen Wasserkocher und einen großen, bunten Keramikbecher. Mit dem Becher in der Hand geht sie wieder zurück in das Wohnzimmer und setzt sich auf die Kante eines Stuhles vor dem Esstisch.

Die Frau verharrt eine Zeitlang unbewegt und lässt die stille Wohnung auf sich wirken. Sie lauscht auf das Ticken der Wanduhr und auf das sachte Rauschen der Heizkörper. Sie ertappt sich, auf Bewegung, leises Atmen oder andere Anzeichen menschlicher Nähe zu warten. Ihr Blick tastet unwillkürlich alle Gegenstände ab, sucht nach noch so versteckten Hinweisen, dass sich seit ihrem letzten Besuch jemand hier aufgehalten und das eine oder andere in die Hand genommen hätte.

Aber alles ist an seinem gewohnten Platz: die Brille neben dem Aschenbecher, in dem Feuerzeug und Zigaretten parat liegen; die letzte Tageszeitung ordentlich zusammengelegt nach der Lektüre, der Tippzettel für die längst vergessene Lottoziehung daneben. Die Fernbedienung für den Fernseher genau dort auf dem Sofatisch, wo das Kissen auf der Couch noch immer eingedrückt ist. Als ob er nur kurz aus dem Zimmer gegangen wäre.

Sie besuchte ihn sehr unregelmäßig, nach Zeit und Laune. Und immer wurde sie freudig begrüßt, nie hieß es: »Wo warst Du denn so lange?« Sie durfte sich einfach auf dem Sofa wie eine Katze zusammenrollen, während er zufrieden vor sich hin pfeifend in der Küche verschwand. Sie hörte ihn dort mit Kanne und Tassen klappern, rief ihm genüsslich die eine oder andere Neuigkeit zu und wartete, bis er mit zwei Kaffeetassen und Keksen zurückkam. Er war ganz unaufgeregt glücklich, wenn sie bei ihm war. Der einzige Mann auf der Welt, für den sie immer sein kleines Mädchen blieb, trotz Fältchen und grauer Fäden im Haar. Meist erzählte er ihr dann ein paar harmlose Begebenheiten aus dem Ort – gemütlich, weitschweifig und trotz des lebhaften Redeflusses so eigenwillig unklar, als wolle er jede allzu deutliche Meinung,

13

jede Reibung und jeden Mißklang von vornherein vermeiden.

Sie hatte lange gebraucht und musste erst einige seiner samländischen Landsleute mit ähnlich mäandernder Erzählweise kennenlernen, um diesen scheinbar belanglosen Singsang zu begreifen. Schließlich erkannte sie darin das zärtliche Bemühen, einen von Frieden und Wärme erfüllten Raum um sie beide zu erschaffen. Von da an hatte sie mit ihren eifernden Versuchen aufgehört, ihn zu leidenschaftlichen Diskussionen und Stellungnahmen herauszufordern.

Angelegentlich fragte er wohl auch nach ihr, allzu gründliche Antworten verwirrten ihn aber meist. Sie machte ihm doch alles recht. Hauptsache, sie schien wohlauf zu sein.

Und immer begleitete er sie zu ihrem Wagen und winkte ihr nach, bis er sie nicht mehr sehen konnte und seine Gestalt in ihrem Rückspiegel rührend klein geworden war.

Die Frau geht zur Fensterfront und zieht die Rollläden hoch, öffnet kurz die Balkontür und lässt die frische, regenfeuchte Luft herein. Es sind zu viele Gerüche in der Wohnung und es ist zu heiß, man wird ganz benommen davon.

Sie weiß immer noch nicht, wo sie anfangen will mit ihrer Arbeit. Sie betritt nun ihr ehemaliges Kinderzimmer, das immer noch so genannt wird. Es ist schmal und so ordentlich wie keiner ihrer späteren Räume, hell und schlicht. Vielleicht kann

14

sie hier beginnen, mit ihren eigenen Sachen. Das meiste wird nicht mehr wichtig oder brauchbar sein.

Sie tritt an das Regal heran und mustert die zahlreichen bunten Buchrücken darin, zieht prüfend einzelne Bücher heraus und erinnert sich freudig an die eine oder andere spannende Geschichte langer Lesenächte. Sie blättert, sinkt mit den Armen voller zerlesener Wälzer auf ihr altes Bett und bleibt natürlich hängen. So geht es immer mit ihr, wenn Bücher im Spiel sind. Schließlich steht sie auf und holt sich einen der Kartons aus der Kammer, den sie zuerst aufklappen und falten muss, um vier ihrer alten Lieblingsbücher einzupacken. Alle anderen stapelt sie schweren Herzens auf dem Boden zu mehreren Säulen und schaut sie nicht mehr an.

Nun zum Kleiderschrank. Viel hängt hier nicht mehr an den Holzbügeln, sie hat ja die meisten ihrer Kleider damals mitgenommen in ihre wunderbare, scheußliche Studentenbude. Aber die verbliebenen Teile verblüffen sie doch: Solch enge Hosen haben tatsächlich auf ihre Hüften gepasst, unter diesen durchsichtigen Folkloreblusen hat sie nichts weiter als die nackte Haut getragen? Sie kann sich kaum erinnern, je so wagemutig gewesen zu sein. Und dann die kofferartigen Umhängetaschen aus Kunstleder, die in lächerlich grellen Farben auf dem Schrankboden stehen, steif und muffig geworden, so kreuzbieder, dass sie wahrscheinlich auch in ihren besten Jahren die Kessheit der Blusen umgehend widerlegt haben. Die Kleider riechen staubig und fühlen sich zwischen den Fingern kratzig an. Das macht es ihr leicht. Sie zieht sie alle von den Bügeln und legt sie zu einem Haufen auf das Bett. Sie wird große Mülltüten benötigen.

Dann öffnet sie die Klappe des »Sekretärs« aus billigen, bunt furnierten Spanplatten. Dieser beengte Platz hat ihr offenbar für die Schularbeiten vieler Jahre genügt. Tatsächlich liegen in den Fächern hinter der Klappe noch ein paar Hefte. Mathematik, Deutsch, Physik.

Wie säuberlich sie geschrieben hat, mit runden, kindlichen Buchstaben noch bis in die höheren Klassen, als die Freundinnen schon längst großzügig und lässig ihre Aufsätze hinwarfen.

Neben den Heften liegen stapelweise Briefe, an die sie sich nicht erinnern kann. Sie nimmt sie in die Hand und erkennt ihre eigene Handschrift. Sie hockt sich auf den Boden und fängt an zu lesen. Auch Postkarten sind dabei, Ansichtskarten von Reisen durch halb Europa, die sie nach Hause geschrieben hat.

»Ihr Lieben zuhause, heute Morgen sind wir ziemlich unausgeschlafen mit der Fähre auf Samos angekommen. Es ist heiß, aber die Insel ist grün und üppig mit blühenden Bäumen und Weinbergen. Wir wollen am Strand schlafen und haben uns einer netten Gruppe von Rucksack-Leuten angeschlossen, also keine Sorge...«. »Hallo, meine lieben Alten, mir geht es großartig. Wir sind schon wieder auf einer anderen

16

Insel und erkunden sie mit uralten ausgeliehenen Mopeds bis in die hintersten Winkel. Verfahren können wir uns nicht, wir müssen bloß den Weg zurück anhand der unterwegs abgefallenen Teile verfolgen, wie Hänsel und Gretel. Unsere Gruppe wird immer größer, vor allem durch ein paar zugelaufene Berliner...«.

Sie war in ihren Zwanzigern viel unterwegs gewesen, Rucksackreisen mit verschiedenen Freunden und Freundinnen, hatte sich erfahren, belesen, kritisch und selbstbewusst gegeben. Aber diese Briefe verrieten sie. Von überall her hatte sie in kindlicher Anhänglichkeit ausführliche, ausgemacht muntere Berichte nach Hause geschickt. Zur Beruhigung der ängstlich besorgten Eltern, aber auch, damit sie Anteil hatten an ihrem Leben in der weiten Welt und den Nachbarn etwas erzählen konnten. Kleine Abenteuer, die so auch die ihren wurden, in fernen Gegenden, die sie selber kaum je kennenlernen würden.

Die eigentliche Botschaft jeder Karte und jedes Briefes war jedoch: ʼSeht her, ich lebe. Ich bin gesund und stark und klug. Mir passiert nichts, ich komme überall durch. Ihr braucht Euch nicht mehr zu fürchten. Alles ist gut.ʼ

Ihm genügte es, ihr nie.

Neben dem Sekretär steht ein schmaler, tiefer Schrank.

Sie öffnet ihn. Er wurde seit längerem für abgelegte Kleider, Wäschestücke sogar noch der Großeltern, ein paar Blusen der verstorbenen Mutter,

17

altmodische Tischdecken und Taschentücher genutzt, aber auch für die sperrigen Polster der Balkonstühle. Diese räumt sie zuerst aus dem Schrank und legt sie zur Entsorgung auf die Seite.

Auf dem Schrankboden sind nun mehrere Kartons, Zigarrenkisten und sogar eine abschließbare Geldkassette zum Vorschein gekommen. Sie wundert sich, was das alles hier unten unter Decken und Polstern verloren hat.

In den Kartons sind muffige, säuberlich zusammengelegte Stoffe aufbewahrt. Sie erinnert sich, dass die Mutter einige Jahre nach dem Krieg in einer Schneiderei ausgeholfen und von dort kostenlos Stoffreste mitgebracht hatte, aus denen dann noch lange die hübschen Kleidchen für die Tochter genäht wurden. Anscheinend hat es bis heute niemand fertiggebracht, die glücklich gehamsterten Reste wegzuwerfen.

Dann ist das wohl meine Aufgabe, denkt sie und kippt die Stoffe auf den Stapel mit den Polstern. Es staubt, einige Stoffteile scheinen löchrig und brüchig zu sein. So viele Jahre sorgsam aufbewahrt und doch für nichts.

Sie öffnet eine Zigarrenkiste, aus der sogleich der würzige Duft von Großvaters dicken Stumpen aufsteigt, die er aus Sparsamkeit immer sorgfältig in Stücke schnitt und in sein geliebtes Pfeifchen stopfte.

Auf verlorene Tabakskrümel gebettet liegen hier die kaum vergilbten Schwarzweiß-Fotografien, die die Großeltern zur Erinnerung an die alte Heimat

18

aufbewahrt haben. Sie wirft einen ersten Blick darauf und seufzt. Offenbar ist sie jetzt auch noch bei den Großeltern und deren Hinterlassenschaften angekommen, die wiederum der Vater für bewahrenswert gehalten hat.

Ich brauche eine Pause, denkt sie und arbeitet sich mühsam aus der zusammengekrümmten Haltung am Boden herauf. Der linke Fuß ist taub geworden, sie muss den Rücken ein paarmal dehnen, bis sie in die Küche gehen und sich rasch einen Kaffee zubereiten kann. Mit dem heißen Becher in der Hand geht sie in das Wohnzimmer. Sie holt dann noch die Zigarrenkiste und die unbekannte Geldkassette herüber und macht es sich auf dem Sofa bequem, direkt neben dem Stammplatz des Vaters.

Die Fotos zeigen aus verschiedenen Perspektiven einen großen Platz vor langgestreckten ländlichen Gebäuden, die ihn einrahmen. Die Häuser gehören offenbar zu einem Gutshof, Stalltüren sind zu sehen mit Pferdefuhrwerken davor. Ein ganzer Zug festlich gekleideter Landleute zieht lachend vorbei, sie schwenken Zweige und Ährenbüschel, vielleicht ein Erntedankfest. Im Hintergrund erstreckt sich eine wunderbar weite Landschaft aus Feldern und Wiesen bis in den endlosen, strahlenden Himmel.

„Ich hatte alles", erzählte die Großmutter mit sonnigem Lächeln, während sie die Bohnen mit gleichmäßigen, kräftigen Handbewegungen in der altertümlichen

Kaffeemühle mahlte, die sie sich zwischen die Knie geklemmt hatte.

„Ich hatte Hühner, Enten, Gänse und Hasen. Und hinter dem Haus habe ich Gemüse angepflanzt. Wir haben nie gehungert. Und jede Woche ist die Fischersfrau mit frischen Fischen gekommen. Aber die haben geschmeckt, das kannst du dir gar nicht vorstellen. Und wenn wir Brot gebacken haben, oje, da ist der Duft durchs ganze Dorf gezogen. Ich habe ja den Schlüssel vom Backhaus verwaltet und nach allem geschaut. Da haben die Frauen dann alle ihre Teigschüsseln gebracht, am Backtag, und das war dann ein Hallo." – Krrmm, krrmm, krrmm machte die Mühle und die kleine, verhutzelte Großmutter lächelte und war wieder eine junge Frau mit blitzenden Katzenaugen, flink und kraftvoll zupackend : Das große Staatsgut ist eigentlich ein Dorf und jeder kennt sie, sie hat ihren Platz und ihre Aufgaben und kann auf ihren tüchtigen Mann und ihre prächtigen Söhne stolz sein, das weite Land ist herrlich und trägt goldene Ährenfelder bis in den Horizont hinein, das nahe Meer lässt auch in der größten Sommerhitze seine salzige Brise über die Felder und die von der Arbeit erhitzten Menschen streichen; der Verwalter ist ein Major und hoch angesehener Herr, der vorbildlich wirtschaftet und für alle hier sorgt und seinen Glanz nur entfaltet, damit ein jeder und auch noch der Geringste unter ihnen sich darin sonnen kann; und was kann schon passieren in diesem fernen, friedlichen, fleißigen Land am Ende der Ostsee. Es kann

20

nur immer so weitergehen, von Generation zu Generation und es ist gut so. Liebe, Glaube, Hoffnung.

Wie die meisten Kinder liebte sie die Geschichten der Großmutter, wurden sie doch ganz ohne irgendwelche Erwartungen und immer in der heimeligen, vertrauten Atmosphäre ihrer altertümlichen Küche erzählt, während der Duft des frisch gemahlenen Kaffees und des aufgeschnittenen Gebäcks in die Nase stieg.

Dann kam der Großvater aus seinem Kohlen- und Werkelschuppen herauf, wusch sich die Hände am steinernen Spülbecken und legte sein längst kaltes Pfeifchen beiseite, bevor er sich mit einem verschmitzten »Na, was macht das Marjellchen?« zu ihnen an den Tisch setzte.

Die Großmutter hatte immer die richtige Menge Kaffee in der Kanne und das Mädchen gewöhnte sich bei ihnen an, die Krümel mit dem befeuchteten Finger vom Teller aufzusammeln und zu essen. Sie stopften nie unmäßig in sich hinein, dabei hatte sie niemals gesehen, dass die Großeltern auch nur das kleinste Fitzelchen Essen weggeworfen hätten, wie sie selbst das später durchaus und mit schlechtem Gewissen immer wieder tat.

Wenn sie später an die beiden lächelnden alten Leute vor ihrem schlichten, sorgsam gedeckten Tisch dachte, an den sie mit einem Berg Kissen unter dem Po herangerückt worden war, erschien es ihr wie eine heilige Handlung. Wie ein einfaches und stilles, aber täglich neu gesagtes Dankgebet.

Nach dem Kaffee stopfte sich der Großvater wieder seine Pfeife mit einem Stumpenstückchen. Dabei erfreute er die kleine Enkelin mit einer eigens für sie dargebotenen großartigen Inszenierung dieses täglichen Rituals. Mit gewichtiger Miene machte er laute Saug- und Schmatzgeräusche, bis sie kicherte und die Pfeife endlich zog. Er erlaubte ihr sogar gelegentlich einen winzigen Zug, worauf sie immer sehnsüchtig wartete. Das Brennen und die säuerliche Würze des Tabaks konnte sie noch heute in der Kehle spüren. Manchmal schaute er sich dann ihre rosigen Fingernägel an und holte ganz selbstverständlich Schere und Feile, wenn sie ihm zu lang schienen. Nie wehrte sie sich dagegen, im Gegenteil. Der Großvater machte daraus immer ein hübsches Spielchen, weil er die Feile zum Abschluss quer zu den Nägeln hin- und herzog, bis es kitzelte und sie lachte und darum kämpfte, das Kitzeln so lange wie möglich auszuhalten. Wenn sie nicht mehr konnte und die Hände wegzog, lachte dann der Großvater und hatte gewonnen. So heiter und in aller Gemütsruhe musste er wohl früher die heißblütigen, nervösen Pferde des Gutes besänftigt haben, wenn sie beschlagen wurden.

Dann saß sie wieder auf dem Fußschemel bei der Großmutter und sah ihr beim Sockenstopfen zu, während diese weiter erzählte. Von damals, als noch alles gut gewesen und nichts Böses über die Menschen gekommen war. Und sie blickten dann gemeinsam über das wogende Gold der Ährenfelder in den weiten, blauen Himmel, streiften über Wiesen und sommerheiße Feldwege, kamen über weiche Dünen an das glitzernde Meer und ließen sich von Wellen und Gischtspritzern wunderbar abkühlen. Dann begleitete *sie die Großmutter zum Melken der sanftäugigen Milchkühe, die sich alle von ihr mit ihren Namen herbeirufen ließen, in den Garten und zum Backhaus und zum Tratsch in den Dorfladen und sie wusste ganz sicher, dass alles so gewesen war, wie sie es sich vorstellte.*

Kinder lieben Wiederholungen und Vertrautes und auch sie bekam nicht genug davon.

Erst mit den Jahren fiel ihr auf, dass die Großmutter die Geschichten von damals tatsächlich jeden Tag erzählte, dass sie stets und hundertprozentig dieselben Worte verwendete, dass sogar Betonung, Stimmlage, Satzmelodie unveränderlich gleich blieben. Tag für Tag wurde so unermüdlich ein verlorenes Paradies heraufbeschworen, Tag für Tag lebte die Großmutter mehr in einer goldenen Vergangenheit als im Jetzt. Tag für Tag nahm sie alle mit auf diese Reise und zeigte ihnen ihre wahre Heimat, ihr Dorf, ihr Haus, ihre Tiere, ihre Nachbarn, ihr gutes Leben von einst.

Tag für Tag ging sie zurück in jene glücklichen Jahre, als alle ihre Söhne noch lebten.

Die Frau stellt ihre Kaffeetasse behutsam auf den Marmortisch, eingedenk der achtsamen Pflege, die das gute Stück zur Erinnerung an einen ersten Italienurlaub in den Sechziger-Jahren seither stets erhalten hat. Fast wie neu sieht er aus, aber das könnte sie von fast allen Anschaffungen dieses Haushaltes sagen.

Sie öffnet die Geldkassette, an die sie sich gar

nicht erinnern kann. Im oberen Fach sind in samtbezogenen Unterteilungen Manschettenknöpfe in Gold und Perlmutt, Anstecknadeln in Gold und Silber, Ringe und schmale Kettchen mit Perlen und verschnörkelten Anhängern verwahrt. Kein Modeschmuck, sondern die kleinen, ehrbaren Goldschmiedearbeiten, die sich die Großeltern über viele Jahre hinweg gelegentlich geschenkt und mit denen sie sich am Sonntag für den Kirchgang fein gemacht haben. Dazwischen liegen bunte Anstecknadeln aus Plastik, die sie neugierig in die Hand nimmt. »Landestreffen Ostpreussen 19..«, »Bundestreffen Ostpreussen 19..« und so weiter. Sie erinnert sich, dass der Großvater regelmäßig im besten Sonntagsstaat und mit freudiger Aufregung zu seinen Treffen gefahren ist, den Rücken gerade und den Kopf stolz erhoben, seinen polierten Spazierstock fest im Griff, ein Landsmann mit allen Rechten unter Seinesgleichen, kein – wenn auch freundlich – geduldeter Flüchtling in der Fremde. Und bei der Rückkehr erzählte er der Großmutter minutiös jede noch so banale Neuigkeit, die er dort über den Verbleib und das Wohlergehen alter Bekannter gehört hatte, Nahrung für ihre Erinnerungen.

Die Frau hebt das obere Fach ab und sieht, dass das untere Kassettenabteil vollständig mit Papieren und Fotografien angefüllt ist. Sie greift hinein und fühlt feinen Stoff zwischen den Fingern.

Die Großmutter führte ein kleines Büchlein, das in dunkelgrünen Brokatstoff eingeschlagen war. Zahlreiche Namen und Adressen, das Ostpreußenlied, Psalmentexte, ihre besonderen Rezepte schrieb sie unter ihrer funzeligen Tischlampe langsam und bedächtig in Sütterlinschrift hinein, fügte immer wieder Adressänderungen, Hochzeitstage, Geburtstage von Enkeln und Urenkeln und auch Sterbedaten von alten Freunden und Verwandten hinzu. Alle Menschen, die ihr etwas bedeuteten, fanden ihren Platz in dem kleinen grünen Buch. Irgendwann, als ihre Augen und Handschrift unsicher geworden waren, bat sie die Enkelin, die Namen und Geburtstage aller Familienmitglieder zur Sicherheit nochmals auf ihrer neuen Schreibmaschine abzutippen. Diese Liste wurde dann von ihr so zurechtgeschnitten, dass sie jeweils eine Hälfte innen in den vorderen und hinteren Buchdeckel kleben konnte. Das Mädchen nahm ihre Aufgabe sehr ernst und schrieb so sorgfältig und übersichtlich wie möglich alle die Namen und Daten ab. Das Büchlein der Großmutter erschien ihr als ein besonderer, fast heiliger Gegenstand, in dem in Liebe all der Menschen gedacht wurde, die ein Teil ihres Lebens geworden waren. Wer hier eingeschrieben war, konnte nicht mehr vergessen werden.

Die Frau erkennt das Buch, kaum dass sie die Papiere vorsichtig auseinandergeschoben hat. Sie nimmt es sachte heraus, der Stoff erscheint brüchig, die Blätter altersmürbe. Sie schlägt es auf und findet ihre Liste auf den Innenseiten der Deckel. Sie blättert weiter und müht sich, die altertümliche Schrift zu entziffern. Manches fällt leicht, weil sie die Namen aus wenigen Buchstaben erkennt, manches bleibt unklar. Namen, die es nur noch selten gibt, tauchen auf. Die Tochter des Gutsverwalters findet sich darin, die das Mädchen einmal auf Besuch bei den Großeltern erlebt hat. Da war aus dem Wildfang der Geschichten, in den sich die Söhne heimlich verliebten, längst eine imposante ältere Dame geworden, mit sehr geradem Rücken und natürlicher Würde.

Einige Namen, die ihr schmerzlich vertraut sind, tauchen immer wieder auf.

Die Großeltern hatten fünf Söhne gehabt. Sie arbeiteten beide von früh bis spät, er in den Ställen, sie in Haus und Hof. Auch die Kinder mussten früh Pflichten übernehmen und hatten zu gehorchen. Trotzdem erinnerte sich der Vater später vor allem an die Freiheit, die er als Kind erlebt hatte. An Sonne und Meer und an Schneeberge im Winter, an die Streiche, die sie zusammen ausgeheckt und nicht allzu oft gebüßt hatten, an wilde Ritte ohne Sattel und Steigbügel, wenn sie die Pferde zum Dorfweiher bringen durften. An den Stolz der Eltern auf ihre Söhne.

Die Großeltern hatten fünf gute, starke Söhne gehabt. Aber die Großmutter erzählte ihre Geschichten fast ohne sie, um sie herum, nannte sie kaum je bei ihren Namen. Drei der Söhne schienen in ihren täglichen Rückschauen gar nicht aufzutauchen.

Aber immer standen die gerahmten Fotografien dreier junger Männer in Uniform im Wohnzimmerschrank. Immer blickten drei junge, viel zu ernste Augenpaare auf das Mädchen herab. Während all der Jahre waren sie in der guten Stube der Großeltern dabei, wenn Feste gefeiert, Besuche empfangen, der Sonntagskuchen angeschnitten wurde.

Die Frau blättert und entdeckt die Namen der Söhne merkwürdigerweise mehrmals.

Die Großmutter hat ihre Namen und Geburtstage offenbar immer wieder neu aufgeschrieben, wenn sie in dem sich über die Jahre füllenden Buch ein paar Seiten weiter gewandert war. Zu den Namen zweier Söhne hat sie mit der Zeit deren Hochzeitsdaten, die Geburtstage der Enkelkinder und auch Adressenänderungen hinzugefügt. Bei jedem der drei anderen Söhne steht nach dem Geburtstag noch ein anderes Datum und ein Vermerk. Vorne im Heft jeweils kaum leserlich, sehr klein geschrieben und abgekürzt: »gef./Stg.«, »gef./Kurlfr.« und »gef./Osts.«. Danach erscheinen die Namen mehrmals mit denselben Daten, aber wechselnden Vermerken: »vermisst/Stg.«, »vermisst/Kurlfr.«, »vermisst/Osts.«, schließlich auch: »letzte Nachricht/Stg.«, »letzte Meldung/Kurlfr.« und »zuletzt gemeldet/Osts.«.

Erst am Ende des Buches stehen bei diesen drei

Namen drei Daten zwischen 1943 und 1945, daneben mit hartem Stift in das Papier gegraben: »gefallen bei Stalingrad«, »gefallen an der Kurlandfront« und »gefallen auf See«. Fünf Söhne haben die Großeltern gehabt, bis zur letzten Seite ihres Buches hat die Großmutter sie bei ihren Namen genannt. Aber nie hat sie von ihnen erzählt, denn Geschichten haben ein Ende.

Die Frau weint, sie hält das kleine Buch im moosgrünen Brokateinband mit ihren beiden Händen fest umschlossen. Sie weint auch um die Großmutter, die in ihrem Buch nicht die kleinste Spur einer Träne hinterlassen hat.

Schließlich legt sie das Buch behutsam neben sich und wendet sich wieder der Kassette zu. Sie zögert. Dann nimmt sie einen kleinen Packen brüchiger, vergilbter Papiere heraus und breitet sie vor sich aus.

Es sind verblasste, grünliche und bräunliche Umschläge dabei, die einen ganz eigenen, metallischen Geruch an sich haben. Sie sind allesamt an den Großvater gerichtet und tragen offizielle Absender: »HOK – Heimatortskartei für Ostpreußen, Kirchlicher Suchdienst« oder »Rotes Kreuz in Deutschland – Suchdienst München« , »Deutsche Dienststelle zur Benachrichtigung der nächsten Angehörigen von Gefallenen der ehemaligen Deutschen Wehrmacht – Abwicklungsstelle Berlin-Waidmannslust« und »Hilfsdienst für Kriegsgefangene und Vermisste – Stuttgart S – Charlottenplatz 17«. Überall auf den Kuverts ein dicker Stempelaufdruck: »Kriegsgefangenensache Gebührenfrei!«.

In den Umschlägen sind amtlich gehaltene Formbriefe, sauber gefaltet und brüchig. Immer wird darin bestätigt, dass die vermissten Söhne registriert worden seien und man Nachricht geben werde, sobald etwas über ihren Verbleib bekannt würde. Von weiteren Anfragen mögen die Angehörigen bitte absehen. Die Briefe, die der Großvater in seiner altmodischen, steilen Handschrift geschrieben oder von einem Bekannten mit der Maschine hat tippen lassen, sind den Antworten wieder beigelegt worden.

Sie faltet die Blätter auseinander, die ihr Großvater an jede erdenkliche Stelle gesandt hat, um seine Söhne zu finden. Er fragt darin höflich und ehrerbietig an, er erlaubt sich kein Flehen und kein Betteln, er schreibt so korrekt wie er nur irgend kann – aber an seiner peniblen Auflistung jedes noch so winzigen Hinweises in allerletzten Feldpostmeldungen, mehr noch an den aufeinander folgenden Jahreszahlen der Poststempel erkennt sie seine verzweifelte Hartnäckigkeit, sein getreuliches Hoffen, hört sie das Echo seines beharrlichen Rufens nach seinen Jungen. Seine schönen Söhne, die ohne Sattel auf den prächtigen Pferden über die Wiesen zum Dorfweiher flogen und sich jauchzend hineinstürzten – wo sind sie geblieben?

In den siebziger Jahren, als politische Diskussionen auch an einfachen Tischen heftig geführt wurden, sprang der Großvater eines Sonntags mit unvermuteter Leidenschaft von der üppigen Kaffeetafel auf und schmetterte seiner nach links kokettierenden Familie ein triumphierendes : »Wenn der Kaiser mich heute riefe, ich käme sofort!« entgegen. Verblüfft brachen alle in Gelächter aus, bis jemand fragte: »Damit wieder einer die Jungen verheizen kann?« und der Großvater, der gerade noch stramm und stolz vor seiner angebissenen Torte gestanden hatte, entsetzt auf seinen Stuhl sackte. Er war nicht links und nicht rechts, sie hätte nicht einmal sicher sagen können, wie er seinen Wahlzettel ausfüllte.

Er war ein Mensch, er war ein Ostpreuße. Er wollte anständig leben und treu dienen.

Als sein Gutsverwalter, der »Herr Major«, noch in den letzten Kriegstagen ein Massaker an jüdischen Gefangenen zu verhindern versuchte, half er ihm. Als der Major daraufhin an die nahe Front befohlen wurde, um dort in Ehren »zu fallen«, holte der Großvater den Toten, der an einen Baum gelehnt gefunden worden war, eine leere Flasche neben sich und den eigenen Revolver noch in der Hand , mit dem Pferdewagen heim. Längst wusste er, dass er keine rechtmäßigen Herren über sich hatte. Aber die große, die grausame und reale Politik – das war nichts für ihn. Er gehörte zu seiner Familie, zu seinem Gut, zu seinem Vorgesetzten, zu Gott und Kaiser, zu Preußen, zur längst ausgehebelten Idee einer Ordnung mit Anstand.

Als er keine Nachricht von seinen Söhnen bekam,

stürzte er sich fassungslos auf den vom Endsieg schwadronierenden Bürgermeister des Dorfes und verprügelte ihn öffentlich. Sein Glück war, dass ihn kurz darauf russische Soldaten aus dem Gefängnis befreiten und für einen überzeugten Antifaschisten hielten. Sie ernannten daraufhin ihn zum Bürgermeister, um ihn bald darauf mit allen anderen Dorfbewohnern zu vertreiben.

Schließlich fand er sich mit seiner völlig verstörten Frau in einem russischen Lager wieder, wo ihn Hunger und die unter den Insassen grassierende Ruhr beinahe umgebracht hätten.

Aber die beiden überlebenden Söhne suchten nach den Eltern. Es war der Vater, der seine Eltern schließlich noch rechtzeitig mit Begleitschreiben der Amerikaner in den Westen holte und mit allem aufpäppelte, was er aus den amerikanischen Vorratslagern, die er als Kriegsgefangener eigentlich bewachen sollte, stehlen konnte.

Sie fühlt sich schon jetzt erschöpft und möchte am liebsten fort. Da klingelt es an der Tür, mehrmals, lebhaft, fordernd und sie springt erleichtert auf.

Die Nachbarn von gegenüber, ein älteres und wohlbeleibtes Paar, stehen befremdlich munter vor der Tür und blicken ihr mit begeisterter Neugierde entgegen, aufgeregt von einem Bein auf das andere walzend. Sie hätten ihr Auto vor dem Haus gesehen und gedacht, dass sie in der Wohnung zugange sei. Wie es ihr gehe, was sie mit der Wohnung jetzt vorhabe, ja, habe sie denn immer noch nicht ausgeräumt, brauche sie Hilfe, ja, da sei ja noch alles drin, helfe ihr Mann denn nicht, Nachbarn hätten sie schon gefragt, aber sie hätten gleich gesagt, das gehe doch niemanden was an, ob sie denn jetzt schon jemanden für die Wohnung habe, sie könnten sich ja auch umhören…….

Sie blickt die beiden lebhaft tänzelnden Gestalten etwas verwirrt an. Sie sind schick aufgeputzt und tragen volle Einkaufstaschen, aus denen frisches Obst, Gemüse und das knusprige Ende eines Baguettes herausragen. Bei diesem Anblick merkt sie, wie hungrig sie ist. Es geht wohl schon auf die Mittagszeit zu. Und sie hat fast noch nichts erreicht!

Es ist gar nicht so einfach, murmelt sie. Die beiden strahlen sie dermaßen energisch an, dass sie sich dumm vorkommt, bloßgestellt in ihrer Unfähigkeit tüchtig anzupacken und die Sache zu erledigen. Ja, ja, nicken die beiden munter, das kennen wir auch. Sechs Wochen haben wir mit dem Haus der Schwiegermutter gebraucht, das war Arbeit.

Sie errötet und weiß nicht recht, was das heißen soll. Sie hat seit mehr als sechs Monaten noch nichts angerührt und ist von ihrem heutigen Versuch bereits ausgelaugt.

Sie bedankt sich bei den beiden und weiß nicht, wofür. Dann wimmelt sie sie freundlich ab und zieht sich wieder hinter die massive, dunkle Tür zurück. Sie hält die Luft an und lauscht angestrengt, bis sie das Schloss der gegenüberliegenden Wohnung zufallen hört.

32

Mit einem tiefen Atemzug zieht sie ihre Jacke über, greift sich ihre Tasche und den Schlüssel und verlässt fluchtartig das Haus. Mit ihrem Auto fährt sie in den Ortskern und beschließt, ihn gut geparkt stehen zu lassen und später lieber zu Fuß in die Wohnung zurückzukehren. Sie braucht aber erst einmal etwas zu essen, vielleicht ist sie einfach unterzuckert und kommt deshalb nicht in die Gänge.

Sie geht durch die Straßen, die schon viele Jahre nicht mehr ihre Straßen sind. Sie fühlt sich fremd, obwohl sie jahrelang Tag für Tag an allen diesen Häuserzeilen vorbeigegangen ist, an dieser Ampel gewartet, in diesem Laden Besorgungen für die Mutter erledigt, sich an dieser Ecke von der Schulfreundin verabschiedet hat.

Trotzdem ist die Szenerie unwirklich, sie betritt eher die sich bereits sachte auflösende Erinnerungsspur des Vaters, der hier seine alltäglichen Gänge über so viele Jahre und Jahrzehnte hinweg absolviert hat.

Sie fragt sich, ob er sich hier tatsächlich jemals so beheimatet erlebt hat, wie er es immer wieder vorgab. Sie fragt sich auch, während sie sich zu einer Bäckerei mit Ausschank begibt, ob sie selbst sich in dieser Stadt, ihrer Geburtsstadt, eigentlich jemals zuhause gefühlt habe. Mehr noch: ob sie sich überhaupt irgendwo und irgendwann wirklich beheimatet gefühlt habe, zugehörig, verwurzelt, ganz Teil des größeren Ganzen?

Die Antwort erschreckt sie: Nein! Einfach:

Nein, niemals, nirgendwo – und auch bei keinem Menschen.

Außer vielleicht bei ihm, diesem bescheidenen Mann mit seinen schlichten Wünschen an das Leben, der seine Tochter jahrzehntelang mit unverbrüchlicher Treue begrüßte.

So steht sie schließlich mit einem kleinen Tablett, auf dem belegte Brötchen und etwas Salat angerichtet sind, an einem Stehtisch mit Blick auf die belebte Hauptstraße. Sie schaut den vorübereilenden Menschen mit zusammengekniffenen Augen nach, während sie isst. Sie erkennt einen Nachbarn mit schwerer Einkaufstasche und dann die Besitzerin der Friedhofsgärtnerei – das war es aber auch schon. Ansonsten ziehen eine halbe Stunde lang nur fremde Gesichter an ihr vorüber. An ihrem Geburtsort, zwischen Elternwohnung und ihrer alten Schule. Das gibt ihr zu denken.

Sie zahlt und stellt das Tablett zurück auf die Verkaufstheke. Andere Gäste haben ihr Geschirr einfach auf den Tischen stehen lassen, obwohl die einzige Bäckereiverkäuferin gerade alle Hände voll zu tun hat mit Laufkundschaft. Die Frau ärgert sich, erst über die Gedankenlosigkeit mancher Leute, dann über die eigene zwanghafte Bemühtheit. Nicht unangenehm auffallen, auf Andere ungefragt und im voraus Rücksicht nehmen, keine Forderungen stellen – fast reflexartig verfällt sie in dieses Verhalten, ob sie es will oder nicht.

»Flüchtlingspack«, sagte der fette Schwiegersohn des freundlichen alten Vermieter-Ehepaares im Treppenhaus zu irgendjemandem. »Sobald es erlaubt ist, schmeißen wir die 'raus und holen Amis 'rein. Die zahlen mehr.«

»Die haben doch keine Kultur hier«, sagte die Mutter. »Du gehst in die Schule und zeigst, was Du kannst. Und später kann Dir keiner mehr was, wenn Du erst richtig was geworden bist!«

Sie ging in die Schule und zeigte, was sie konnte, und wurde was und keiner konnte ihr mehr was. Eigentlich wollte ihr dann auch keiner mehr etwas, die Zeiten änderten sich ja schließlich doch. Aber ein verborgener Teil von ihr fühlte sich trotz allem immer so, als ob der fette Schwiegersohn noch in allen Treppenhäusern lauerte.

Und nach vielen Umzügen, die ihr erwachsenes Berufsleben ermöglichte, erkannte sie die Aussichtslosigkeit dieser Suche. Sie gehörte nun einmal zu denen, für die Heimat nur noch in den Geschichten der Großmütter spürbar wurde.

Danach konnte sie sich zum Bleiben entscheiden.

In Grenzgebieten, Niemandsländern, Zwischenetagen des Lebens.

Sie schlendert zu Fuß durch die Straßen. Das Schreibwarengeschäft mit der Lottoannahmestelle, der Elektroladen, der Friseur, das altmodische Bekleidungsgeschäft, der kleine, aber gut bestückte Supermarkt – sie kennt sie alle und kommt sich

35

trotzdem wie eine Fremde vor. Selbst die Auslagen des Schuhgeschäftes, in dem sie vor langer Zeit ihre ersten »erwachsenen« Schuhe bekommen hat, erscheinen ihr hinter der großen Glasscheibe nur wie die vergessene Kulisse einer längst gespielten Aufführung.

Ihr Vater fand in seinen späteren Jahren, als er frei über seine Zeit bestimmen konnte, großes Vergnügen an möglichst täglichen Besorgungen im Ort.

Er ließ sein Auto stehen und spazierte zu Fuß durch die Straßen, wo er schon unterwegs Gelegenheiten zum Grüßen und Begrüßtwerden, zum freundlichen Winken über die Straße hinweg, zu zahlreichen Schwätzchen mit Nachbarn und Bekannten fand.

Seine Einkäufe erledigte er immer in denselben Läden, eine Schließung oder ein Besitzerwechsel machte ihm fast persönlich zu schaffen, einem Umzug folgte er als treuer Stammkunde selbst auf die Gefahr eines längeren Weges hin. Stolz erzählte er seiner Tochter immer wieder, dass man ihn dort überall persönlich kenne. Er wusste die Namen der Verkäuferinnen, plauderte mit den Geschäftsinhabern und hütete freudig die kleinen Vertrauensbeweise, die er in gelegentlichen Zugaben und Preisnachlässen oder auch dem Eingeweihtsein in manchen persönlichen Kummer fand.

Ergab es sich, dass sie ihn bei einem ihrer Besuche begleitete, fand sie sich schon überall ganz selbstverständlich eingeführt. Stellte er sie jedem, der ihnen

36

unterwegs begegnete, überschwänglich vor, reagierten fast alle wunschgemäß mit einem begeisterten: »Ach, Sie sind die Tochter? Ihr Vater hat ja schon so viel erzählt!«

Sie wunderte sich immer ein wenig, wie er denn so viel von ihr zu erzählen wusste, und lächelte und grüßte heftig gegen ihre Verlegenheit an. Zugleich beschlich sie dabei aber der Verdacht, dass die meisten ihr Gesicht schon beim Abschied wieder vergessen haben würden. Eigenartigerweise vergaßen sie aber keineswegs den freundlichen alten Herrn, der fast täglich irgendwo im Ort anzutreffen war, und auch nicht seine kleinen Geschichten.

So schuf er sich in langen Jahren und mit großer Hingabe an diesem zufälligen Ort sein kleines Dorf, in dem er sich so geborgen glauben konnte wie einst in jenem fernen Dorf, das es schon längst auf keiner Landkarte mehr gab.

Der Ortskern, durch den sie nun zügig geht, ist schön mit seinen herbstlichen Vorgärten voller Astern, Chrysanthemen und Dahlien, mit seinen hübschen Geschäften und der von Kindern bespielten Grünfläche zwischen Kirche und Rathaus, dem einladenden Marktplatz mit seinen beiden Straßencafés und den sich feurig färbenden Bäumen, die in stolzen Spalieren und überschwänglicher Schönheit vom Sommer Abschied nehmen. Ein Ort, an dem es sich gut leben ließe. Sie sieht es und sieht doch nur Fremdgebliebenes, dem sie sich mit dummem, ehrlichem Trotz nie hat verbinden können. Da also niemand zum Grüßen oder Besuchen für sie geblieben ist, macht sie sich auf den Weg zurück zu ihrer Aufgabe.

Sie betritt das große Haus, das nun von verschiedenen Gerüchen aus zahlreichen Küchen ebenso erfüllt ist wie von Stimmen, Türenklappen, Musik und allen üblichen mittäglichen Alltagsgeräuschen. Der lange Gang mit seinem alten Teppichboden dämpft einen guten Teil davon, und als sie die Wohnungstür wieder hinter sich geschlossen hat, umfängt sie sofort die dichte, machtvolle Stille der Wohnung. Hier ist sie also, aufgebrochen und zurückgekehrt.

Sie streift wieder durch die Wohnung und versucht, den Faden zu finden, an dem sie ziehen muss, um das Gestrick aufdröseln zu können. Dabei spürt sie den zähen Widerwillen, irgendetwas anzurühren und zu verändern. Hier und nur hier ist schließlich in jedem noch so banalen Gegenstand die Ahnung von Vertrautheit, Zugehörigkeit, Heimat, von blankem Sein-Dürfen konserviert und sie muss dieses bisschen Sicherheit eigenhändig auflösen.

Sie betritt das Wohnzimmer und sieht sich ratlos um. Schließlich öffnet sie erneut die Türen der Schrankwand, sucht Alben und Kisten mit Fotografien heraus und stapelt sie am Boden um sich herum. Die Familienfotos will sie selbstverständlich behalten. Es sind so viele, dass sie mit Sicherheit mehr als einen ihrer Umzugskartons benötigen wird. Sie holt einen davon aus der Abstellkammer und klappt ihn auf, legt die Seitenlaschen so übereinander, dass sie sich vollbeladen gegenseitig halten, und beginnt, ihn mit Fotokisten zu füllen.

Dann kann sie sich aber doch nicht zurückhalten und fängt an zu blättern und zu stöbern. Alte Schwarzweiß-Fotografien mit hübsch gezacktem Rand fallen ihr in den Schoß, sie sieht Vater und Mutter, die Großeltern und die Großmutter mütterlicherseits, die Onkel mit ihren Frauen, alle dicht um einen mit Speisen und Getränken beladenen Tisch gedrängt, so jung und strahlend vor Freude und Übermut.

Ihre Wangen, selbst Großvaters Backen über dem noch dunklen Schnäuzer, scheinen heiß zu glühen, sie stoßen mit Weingläsern an und singen dabei offenbar allesamt lauthals und ausgelassen. Im Hintergrund steht ein geschmückter Christbaum mit brennenden Kerzen, der mit seinem festlichen Glanz kaum ankommt gegen die schiere Lebensfreude dieser Familie, die ihr Überleben und Zusammensein auch in diesem Jahr nach dem Ende des Krieges noch nicht fassen kann. Sie sieht sich selbst klein und froh auf Vaters Schoß, versunken in den Anblick dieser glücklichen Gesichter. Auch sie stößt mit an, ein großes Glas ganz fest in der kleinen Hand emporhaltend.

Es gab genug zu essen. Die Läden hatten sich längst wieder mit allem Notwendigen gefüllt, auch wenn der Metzger noch immer staunende Passanten an sein Schaufenster locken konnte, wenn er darin eine einzige Fleischwurst in hauchdünnen Scheiben großartig auf einer Silberplatte ausgebreitet präsentierte.

»Seit der Währungsreform«, sagten die Großen, »da warst Du noch gar nicht auf der Welt. Du weißt nicht, wie wir davor gehungert haben. Nun iss endlich Dein Brot auf, was hätten wir damals dafür gegeben, das schmeißen wir nicht einfach weg.« Notfalls aßen die Erwachsenen die Kante, die ihr nicht schmeckte.

Sie war dünn und hatte nicht viel Appetit, weshalb die Mutter sich ständig sorgte. Sie konnten es alle nicht fassen. »Du verhungerst uns noch am vollen Tisch!« Die Babcia, Mutters Mutter, hatte wohl am meisten nachzuholen. Sie konnte sich bis an ihr Lebensende nie sattsehen an den nun immer vollen Tellern und Schüsseln. Anders als den Großeltern hatten Krieg und Flucht ihr einfach nur noch mehr Hunger gebracht als ihre Jugendzeit und die Jahre nach der Weltwirtschaftskrise. Ein knurrender Magen hatte zum Grundton ihres früheren Lebens gehört.

So ging sie an jede Mahlzeit heran, als könne man nie wissen. Sie stopfte mit beiden Händen, schmeckte und kaute mit vollen Backen und heißer, hinreißender Gier. Wenn sie dann aufseufzend zurücksank, sich den Bratensaft vom Kinn wischte, die Augen schloss und sich wohlig über den vollen Bauch strich, war alles gut. Und wenn sie dann ihre Enkelin ansah, lachten ihre Augen.

40

Sie nimmt ein Foto nach dem anderen in die Hand. Sie sieht sich dabei heranwachsen, schon trägt sie hübsche, in der Taille enge Kleidchen mit Petticoat und Lackschuhen am Sonntag.

Die Großen essen ständig, auf jedem Bild sitzen sie irgendwo zusammen, stoßen an, essen und schütten sich vor Lachen fast aus. Am Tisch in der ersten Wohnung, die eigentlich nur aus ein paar freigeräumten Zimmern im Dachstock bestand, um Flüchtlingsfamilien einzuquartieren, und die die Eltern mit ihren geringen Mitteln so behaglich wie möglich hergerichtet hatten. Auf ausgebreiteten Decken bei Sonntagsausflügen ins Grüne. An den Sofatischen der Onkel, die mit ihren Frauen und nach und nach geborenen Kindern in der Nähe wohnten. An den Küchentischen mit Platten voller Streuselkuchen bei Freunden, an die sie sich nur noch vage erinnern kann. Auf allen Bildern essen sie mit solcher Hingabe und Lebenslust, werden sichtbar runder und runder und scheuen sich kein bisschen vor dem hautnahen Zusammenrücken an engen Tischen, in kleinen Stuben, auf der Decke.

Ihr fällt ein, dass Freunde oder Verwandte auf Besuch ganz selbstverständlich mit ins Ehebett genommen wurden. Dort lagen dann manchmal ungeniert mitsamt den Kindern fünf oder sechs Leute, wohlig aneinander gekuschelt, und redeten und lachten leise bis tief in die Nacht. Niemand fühlte sich gestört von so viel Nähe, eher froh, die Anderen warm und lebendig neben sich zu spüren. Und die persönliche Scham schien in der Vergangenheit allzu gründlich verbraucht und noch nicht nachgewachsen.

Hier wird immer gefeiert, ob gegessen oder gearbeitet wird, alles scheint vor Lebenslust überzuquellen, denkt sie beim Betrachten der vielen, fast vergessenen Bilder. Keine Zeit für Scham oder gar Schuld, einfach das Glück der Überlebenden und – wie auch immer – Davongekommenen.

Sie sieht das Lachen, Schmausen, Anstoßen, die knutschenden Paare und balgenden Onkel, die lächelnden Älteren und spielenden Kinder. So viel Übermut, auch bei den Erwachsenen. Wie steif und verhalten sie selbst dagegen auf heutigen Fotos erscheint.

Aber die Augen in den leuchtenden Gesichtern, diese Augen – sie haben etwas, das das Lachen stört. Sie glänzen unnatürlich und blicken zu groß, zu wund, zu hungrig aus Höhlen, die zu viele Bilder in ihren dunklen Tiefen zurückhalten. Die Frau kann sich kaum lösen von diesen verstörenden Blicken, die Erinnerungen und nie gestellte Fragen wecken.

Der Rücken schmerzt, sie steht auf und bereitet in der Küche wieder einen Schnellkaffee zu, den sie umhergehend trinkt. Dabei öffnet sie Schranktüren in der Einbauküche, die Jahrzehnte im Gebrauch war und dank sorgsamster Pflege doch nicht die kleinste Beschädigung aufweist, ebenso wie die damals hochmoderne Edelstahlspüle aus »Nirosta«, die ohne Kratzer und Wasserflecken glänzt wie am ersten Tag.

42

Die Mutter ertrug den fetten Schwiegersohn und seine Kündigungsandrohungen irgendwann nicht mehr und drängte auf Eigentum. Nächtelang saß sie rechnend da, bearbeitete den Vater, drückte sich auf dem Nachhauseweg von ihren Putzstellen die Nase an den Schaukästen der Banken platt und beschwatzte deren Angestellte.

Schließlich hatte sie alle soweit und ein neuer Abschnitt konnte beginnen. Kein Flüchtlingspack mehr, sondern stolze Besitzer. Arbeiten, rechnen, sparen. Aber die Zeichen standen auf Aufschwung, die Löhne stiegen, Arbeit gab es genug. Wenn sie ihrem Vater das warme Mittagessen im »Henkelmann« bringen durfte, traf sie ihn und seine Kollegen meist pfeifend und lachend an ihren Werkbänken an. Sie kamen dem Mädchen dabei so jung vor, so froh zu leben und arbeiten zu können. So glücklich, wieder gute Jungs zu sein, die das Land aufbauten und für ihre Familien sorgten.

Schließlich konnte man sich sogar etwas leisten. Jeden Tag Bier und Zigaretten, Braten und Eierlikör am Sonntag, Fernseher in jedem Haushalt. Nicht mehr gedeckte Farben und Nierentisch, sondern Orange und Grün und große Muster.

Mutters Sonntagskostüm aus Trevira war knitterfrei und die Tochter mit Helanca-Strumpfhosen endlich die kratzigen Wollstrümpfe und Leibchen los. Der Vater wurde Angestellter, ging jetzt im C&A-Anzug zur Arbeit und aß mittags in der Kantine und nicht mehr aus seinem Henkelmann.

Und die Mutter putzte. Sie wusch und staubte, sie

scheuerte und polierte, sie bügelte und räumte. Alles glänzte Tag für Tag frisch gereinigt und makellos, nichts lag herum, kein aufgeschlagenes Buch, keine angefangene Handarbeit, kein Spielzeug und kein halbleer getrunkenes Glas.

Der Vater hörte auf, kleinere Möbelstücke selbst zu bauen oder beschädigte Schuhsohlen zu reparieren, die Großmütter saßen nach dem Sonntagskaffee aufgeräumt auf dem Sofa, das Mädchen beschäftigte sich meist still mit ihren Büchern und rührte nichts an.

Besucher waren weit weniger willkommen als noch ein paar Jahre zuvor, doch der engere Familienkreis war beisammen und noch lange dankbar und zufrieden mit diesem unglaublichen Übermaß an Sicherheit, Verlässlichkeit und Ordnung.

Das Essen blieb wichtig, aber im Laufe der Jahre fanden die Erwachsenen wieder zu normalen Ausmaßen zurück. Dafür wurde getrunken und geraucht, ferngesehen und gekauft. Es wurde produziert und verdient, dazugelernt und aufgestiegen. Und es wurde geputzt. »Nicht nur sauber, sondern rein!«, hieß ein Werbespruch im ständig laufenden Fernseher. Ausgerechnet rein.

Die Jugend revoltierte, die Mutter wurde depressiv.

Überleben hatte geklappt, wie aber leben – einfach leben?

Die Frau lässt ihre Finger über die wie unberührt glänzende Spüle streichen, die Makellosigkeit dieser längst unmodern gewordenen Küchenausstattung

44

verursacht ihr Unbehagen. Nichts steht irgendwo herum, alles ist eingeräumt und staubgeschützt hinter den Schranktüren verwahrt, die Gewürze im Hängeschrank alphabethisch sortiert, die Vorräte an Mehl, Zucker und Grieß in Kunststoffdosen umgefüllt und beschriftet. Sie erinnert sich, dass sie als Mädchen hier genauso wenig kochen und backen wie sie in den anderen Zimmern malen oder basteln konnte. Oder Freundinnen und Freunde empfangen.

Obwohl der Vater die Küche nun schon geraume Zeit alleine benutzt hat, ist bis auf seinen Aschenbecher und ein Fläschchen Hustentropfen, die auf der Ablage stehen, nichts verändert. Gegen die radikale Ordnung und Sauberkeit in dieser Küche hat auch er sich nicht wehren können. Vielleicht hat er es auch gar nicht gewollt, weil er nur zu gut verstand.

Aber sie macht diese Makellosigkeit wütend, auch traurig. Sie hat genug davon und will endlich etwas bewegen. Was soll sie auch mit den ganzen Töpfen und Besteckgarnituren und Geschirrsammlungen anfangen, fort, weg, los! Sie holt Müllsäcke aus der Abstellkammer, nimmt sie doppelt und fängt an, Geschirr hineinzuwerfen. Die ersten Tassen zerbrechen dabei. Das beflügelt sie. Fast lustvoll lässt sie Teller und Tassen, Schüsseln und Platten aufeinander krachen und ruht erst, als die Geschirrschränke leer und mehrere Säcke gefüllt sind. Vorsichtig schleift sie sie in die Kammer, trotzdem reißen die Säcke an einigen Stellen auf, wo Scherben die

Plastikhülle durchschneiden. Sie klappt Kartons auf und setzt immer zwei Säcke so hinein, dass sie von unten gehalten werden. Ihr fällt ärgerlich ein, dass sie ihr Auto ja gar nicht mehr vor dem Haus stehen hat. Dann muss sie die Kartons eben später einladen und zur städtischen Mülldeponie bringen. Mit ihren alten Kleidern und Büchern kommt dabei vielleicht schon eine erste Fuhre heraus, die den Weg lohnt.

Das bringt sie auf die Idee, mit mehreren Säcken und zwei kleineren Kartons sogleich noch einmal in ihr früheres Kinderzimmer zu gehen. Energisch stopft sie ihre alten, muffigen Kleider, die grässlichen Handtaschen und die alte Tisch- und Bettwäsche in die Säcke. Die Büchersäulen baut sie ab und füllt ihre Kartons damit, nicht ohne bei einigen Titeln noch einmal ins Zögern zu kommen. Aber sie bleibt hart. Sie behält von ihren Schulheften nur ein in rundlicher Schönschrift vollgeschriebenes Aufsatzheft und einige ihrer Briefe, um sich irgendwann noch einmal an die Reisen ihrer Jugendjahre erinnern zu können. Der Rest kommt in die Entsorgungskartons. Auch diese Säcke und Kisten trägt sie in den Abstellraum, der sich nun schon unübersichtlich zu füllen beginnt. Sie holt die Balkonpolster und die Stoffreste aus ihrem Zimmer und stapelt sie auch noch auf die Säcke.

Ihr Blick fällt auf die Metallregale in der Kammer und sie zwängt sich nach hinten zur Wand durch, um den Inhalt der Regale zu mustern und möglichst im Zuge ihrer plötzlichen Tatkraft auch gleich in Säcke und Kartons zu verstauen.

Packungen mit Mehl, Zucker und Grieß stehen neben aufgereihten Konservendosen. Alles ist zu finden, von Sauerkraut und Bohnen über Gulaschsuppe und Brathering bis zu Königsberger Klopsen, Bockwürstchen und sogar geschälte Kartoffeln in Gläsern, Obst in Dosen, Senf und Gürkchen. Sie prüft die Verfallsdaten und stopft dann alles in einen Sack, den sie mit einem zweiten verstärkt hat. Einige wenige Dosen und Gläser könnten noch verwendet werden, deshalb zögert sie kurz. Es tut ihr leid darum, aber sie verwendet eigentlich nur frische Zutaten in ihrer Küche. Sie kauft auf dem Markt und aus dem Bio-Regal und kocht mit vielen Bedenken.

Früher hatte die Mutter noch viel mehr Vorräte gehortet, die Regale hier und die Küchenschränke quollen über. Sie liebte Konservendosen und Einmachgläser und veranstaltete nach Eröffnung der ersten Supermärkte geradezu Hamsterfahrten, wenn es dort Sonderangebote gab. Schwerbeladen und freudig erregt packte sie dann ihre Schätze aus, die dann auch noch feucht abgewischt und ordentlich eingeräumt wurden.

Später zuckte die Frau innerlich zusammen, wenn gutsituierte Freundinnen verächtlich: »Dosenfraß!« sagten und auf Leute herabsahen, die sich und ihre Kinder hauptsächlich mit Konserven aus dem

Dicounter ernährten. Ungesund, bequem fanden sie das, keine Esskultur.

»Jeder Haushalt muss für vier Wochen Vorrat haben!«, zitierte die Mutter die Zeitungen und verstand keinen Spaß dabei. Der Dritte Weltkrieg stand bevor. Jahrelang.

Sie war jung und dünn, sie wurde rund und rosig, sie wurde schlank und schick , sie magerte rätselhaft traurig zu zartester Zerbrechlichkeit ab.

Und all die Jahre erneuerte sie ständig gewissenhaft ihre Vorräte und stand täglich am Herd, wo sie ihr Dosengekochtes mit Butter und Sahne verfeinerte. Die Großmutter nickte dazu und erinnerte an den alten Arzt, der mit ihnen zusammen im Lager gewesen war und machtlos dem Sterben um ihn herum zugesehen hatte: »Kinder, wenn Ihr hier 'rauskommt, esst Butter, Butter ist Nervennahrung!«, soll er immer gepredigt haben. Die Alten erzählten oft von den Hungerjahren. Später konnten sie kein Stück Brot wegwerfen, selbst, wenn es schon hart geworden war, und sie bestanden darauf, dass die Teller leer gegessen wurden.

Auch der Vater hatte sich nie von wechselnden Ernährungsmoden davon abbringen lassen, die Butter sorgfältig in dicken Scheiben aufs Brot zu legen.

Sie nimmt nun auch noch die letzten Gläser und Dosen aus den Regalen und wirft sie unbesehen in ihre Plastiksäcke. Die Körbe und Eimer voller hart gewordener Putzlappen und eingetrockneter

48

Reinigungsmittel stellt sie gleich daneben. Das Bügelbrett mit dem Blümchenbezug und das Wäschegestell können so stehenbleiben, sie wird sie dann auch gleich mit einladen für die Fahrt zur Deponie.

Der kleine Raum ist nun brechend voll und sie sieht mit Erstaunen, dass sie doch schon einiges aussortiert und zum Wegbringen parat gemacht hat.

Sie sieht auf ihre Armbanduhr und stellt erschrocken fest, dass es schon Abend geworden ist. Sie wird also hier übernachten müssen. Sie gesteht sich aber ein, dass sie das schon im voraus gewusst und eigentlich auch gewünscht hat. Wie viele Jahre hat sie hier nicht mehr übernachtet, und schon gar nicht alleine!

Sie wird also etwas essen müssen. Sie überlegt, in ein Restaurant zu fahren, aber sie mag die Wohnung heute nicht mehr verlassen. Ein bisschen wehmütig, ein wenig belustigt greift sie nochmals in den Müllsack und sucht nach den Königsberger Klopsen. Tatsächlich ist das Verfallsdatum noch nicht überschritten. Dann gibt es heute also ein Nostalgie-Essen aus dem Notvorrat.

Dass die Erwachsenen dem Frieden noch jahrelang nicht wirklich trauten, erlebte das Mädchen zum ersten Mal bewusst, als sie eines Abends an der Hand der Mutter auf dem Nachhauseweg war. Eine merkwürdig angespannte Menge Leute hatte sich vor einem Zeitungskiosk versammelt. Sie kauften nicht, redeten auch kaum miteinander, sondern starrten auf die ausgehängten Titelseiten.

Die Mutter stellte sich dazu und sog erschrocken die Luft ein, ihr Blick wurde so angstvoll, dass das Mädchen aufs höchste alarmiert versuchte, die Ursache dafür zu entdecken. Aber sie sah nur das Bild eines gepflegten jungen Mannes mit dicken, lächelnden Lippen.

»Der amerikanische Präsident ist ermordet worden«, flüsterte die Mutter, »jetzt gibt es Krieg. Los, wir müssen schnell nach Hause!« Und sie hastete mit ihr an der Hand nach Hause und wartete dort mit der restlichen Familie vor dem Radio auf die Nachrichten, um rechtzeitig – weiß der Himmel, was für Vorsichtsmaßnahmen ergreifen zu können.

Das Mädchen war felsenfest überzeugt, dass die Mutter auch im schlimmsten Fall wissen würde, was zu tun sei. Schließlich hatte sie es ja schon einmal geschafft, mit ihrer Mutter und dem kleinen Bruder an der Hand zu fliehen und zu überleben. Das Mädchen, dem Schreckensszenarien schon längst zu alltäglichen Planungshilfen geworden waren, nahm sich ganz fest vor, keine Schwierigkeiten zu machen und sich unter keinen Umständen kindisch aufzuführen. Es würde unbedingt und klaglos gehorchen, egal, wie weit sie zu laufen oder wie mucksmäuschenleise sie sich irgendwo zu verstecken haben würden.

Die Frau schüttelt sich bei dieser Erinnerung und geht mit ihrer Konservendose in die Küche. Sie hat

50

schon vergessen, dass sie die Töpfe bereits in Säcke und Kartons geworfen hat und muss sich nun auch noch einen passenden kleinen Topf aus der Kammer zurückholen. Sie wird dann halt aus dem Topf essen, nach ganz gebliebenen Tellern mag sie jetzt nicht auch noch wühlen. Dabei entdeckt sie die leere Besteckschublade und brummt unwillig, während sie nochmals zur Kammer zurückgeht und noch eine Gabel und den Dosenöffner aus einem Sack fischt.

Schon passt es ihr überhaupt nicht mehr, die Küche so schnell ausgeräumt zu haben. Vielleicht hätte ich zuerst einfach ein paar Tage hier verbringen sollen, denkt sie, ohne Druck, nur so, bevor ich alles auseinanderreiße. Es bringt mich ganz durcheinander, wenn nichts mehr da ist, wo es immer war.

Sie öffnet die Dose und wärmt die Klopse in der Kapern-Sahne-Soße auf. Den Topfboden muss sie in etwas kaltem Wasser kühlen, damit sie ihn sich auf die Knie stellen kann. Sie setzt sich damit im Wohnzimmer auf das Sofa, automatisch wieder neben dem Stammplatz des Vaters und nimmt den ersten Bissen. Sie starrt kauend auf den schwarzen Fernseher gegenüber und empfindet plötzlich die Stille zu lähmend und die Luft zu stickig. Sie wagt kaum, den Topf auf der Marmorplatte des Sofatisches abzustellen – das hat hier noch nie jemand getan -, und geht die Balkontür öffnen. Kühle Abendluft kommt herein und frischt die Luft in den völlig überheizten Räumen auf.

Es tut ihr gut, trotzdem missfällt ihr, wie die Gerüche von Büschen, Herbstblumen und heranziehendem Regen die vertrauten Gerüche der Wohnung überwältigen.

Sie schließt die Tür bald wieder und beginnt, Rollläden im Wohnzimmer, dann auch in den anderen Zimmern herunterzulassen. Dann kehrt sie zu ihrem Platz zurück und isst wieder etwas aus dem Topf. Es erinnert nur entfernt an die Klopse, die die Großmutter früher zubereitet hat.

Sie greift nach der Fernbedienung neben sich und erschrickt. Sie hält sie in der Hand und berührt dabei ganz sicher die feinen Spuren einer anderen Hand. Einer schönen, starken Hand mit breiten Fingern und ruhigen Bewegungen, die bis zuletzt warm in ihrer Hand gelegen hat. Und schon hat sie unbedacht diese hauchzarte Verbindung verwischt.

Sie schaltet seufzend den Fernsehapparat an und probiert verschiedene Kanäle durch. Werbung, Soaps, Schießereien, Talksendungen. Sie wird übellaunig. Nachrichten: ein gepflegter amerikanischer Präsident, diesmal dünnlippig, begründet vor dem Kongress seine Angriffspläne auf ein Land, so fern und voller Öl. Unsere Werte müssten verteidigt werden. Vorsorglich. Und die Menschen dort befreit. Der Kongress hat zugestimmt. Zwischen »Nie wieder Krieg!« und »Nie wieder Ausschwitz!« entscheidet sich die deutsche Regierung gegen den Krieg.

Sie schaltet aus. Aufgewühlt streichelt sie mit

ihrer Hand über die leichte Kuhle im Polster neben sich. Siehst Du, sagt sie lautlos, wir vergessen nicht.

»Seit 5Uhrr 45 wirrd jetzt zu-rrück-ge-schossen!«, schnarrte mit rollenden Rr's die pathetisch erhobene Stimme des Führers aus dem Badezimmer. Die Tür war nur angelehnt, dahinter saß der Vater am Ende einer harten Arbeitswoche in riesigen Schaumbergen und plantschte krebsrot und quietschvergnügt in so heißem Wasser, dass der Dampf noch den Flurspiegel beschlug. Die neue Wohnung war zu aller Entzücken mit einem richtigen Badezimmer ausgestattet, mit Fliesen, Waschbecken und einer großen Badewanne. Schluss mit den glitschigen Steinbecken in muffigen Küchen und den Zinkwannen, in die nur kleine Kinder richtig hineinpassten. Und in dieser Badewanne sang und pfiff der Vater, zufrieden mit seinem Wochenwerk und offenbar mit sich im Reinen, tauchte laut und wasserschwappend unter, bewarf jeden, der hineinschaute, ausgelassen mit Seifenschaum und hielt »Führerreden an das Deutsche Volk«. Er bellte militärisch stramm:«Deuttsche Männärr und Farrauen , seid zäh wie Ledärr, harrt wie Krrruppstahl und flinkh wie die Windhundäh!«, dann folgte das Quietschen des Emails beim Abtauchen, Schwappgeräusche beim mächtigen Auftauchen und das Platschen des überlaufenden Wassers auf die Fliesen. Und während die Mutter lachend hineinrannte und wegen des nassen Bodens und der Nachbarn zumindest halbherzig schimpfte, hörte man ihn unentwegt und mit

53

immer höher geschraubter Stimme Redefetzen plärren von:»..auf Deutschem Boden..«, »Deutsche Farrauen und Mädchen…«, bis: »…heimgeholt ins Rreich….« und »Memelland endlich rrein…«. Und nach dem letzten Ab- und Auftauchen dann hysterisch keuchend: »Und ich glaubäh nicht, ich glllaubäh nicht, dass die Gegnärr, die damals gelachthh haben, heutäh auch noch lachchänn!« Und dann kam der Tusch: gewaltige Pupsgeräusche, die beim Abwinden auf dem Wannenboden pfiffen und im schallenden Badezimmer auch noch großartig verstärkt wurden. – Und Ende der Aufführung.

Eigentlich mussten die Nachbarn mithören können, so laut wie er war. Er wurde aber nie darauf angesprochen. Sie liebte die Badezimmerspektakel des Vaters und kam dann meist dazu, um ihm den Rücken zu schrubben, während er weiter seine Reden schwang. Wenn er dann ganz ohne Peinlichkeiten sauber und dampfend aus der Wanne stieg und sich mit einem riesigen rosa Handtuch abtrocknete, konnte sie die beiden langen, verblassten Narben auf seinem Bauch sehen.

Mit achtzehn Jahren hatte es ihn erwischt, Volltreffer auf das U-Boot. Mit heraushängenden Eingeweiden hatte er es noch hinausgeschafft. Die meisten seiner Kameraden nicht. Dann trieb er in seiner Schwimmweste im Meer, zwang sich zu möglichst ruhigen und gleichmäßigen Armbewegungen, er musste Kräfte sparen und ganz auskühlen durfte er ja auch nicht. Er sagte, es seien fast zwanzig Stunden vergangen, bis sie ihn aus dem Wasser gefischt hätten. Er

54

habe keine Schmerzen gespürt, sei sich der Verletzung gar nicht bewusst gewesen. Er sei auch nicht ohnmächtig geworden.

Er habe die ganzen langen Stunden, allein in dem unendlich weiten Wasser, darauf vertraut, dass er gerettet würde. Kaum war er einigermaßen gesund, wurde er wieder zum Einsatz geschickt. Ohne Erbarmen. Da hatten die Eltern schon zwei ihrer Söhne verloren.

Irgendwann hörte er mit seinen »Reden an das Deutsche Volk« auf und verlor seine komödiantischen Neigungen.

Das Mädchen erinnerte sich erst später wieder daran, als die Schulfreundinnen anfingen, sich mit der »jüngeren deutschen Geschichte« auseinanderzusetzen und über die Verstocktheit ihrer Eltern erhabene Urteile zu fällen.

Sie kam sich wieder einmal zu brav vor, weil sie dabei nicht mithielt. Dann fielen ihr die Badewannen-Szenen ein und sie dachte: Das genügt doch vollauf!

Sie hat mit mäßigem Genuss aufgegessen und bringt das Geschirr in die Küche. Sie spült den Topf aus, vielleicht benötigt sie ihn ja noch einmal.

Da klingelt das Telefon. Sie zuckt zusammen, es kommt ihr nach der tiefen Stille so laut vor. Während sie hingeht und den Hörer abnimmt, erwartet sie für einen Moment die Stimme des Vaters zu hören. Er muss doch wissen wollen, was sie da in der Wohnung tut.

Es ist ihr Mann. Er klingt besorgt. Nein, nein, es wird mir nicht zu viel. Nein, ich werde heute nicht mehr zurückfahren können. Morgen vielleicht auch noch nicht. Nein, das brauchst Du nicht, wirklich nicht. Ich habe schon ein gutes Stück geschafft. Und ich muss selber schauen, was ich mit allem mache, also was ich behalten will und so. Mach´ Dir keine Sorgen. Ihr auch, also dann, Gute Nacht!

Sie wird also hier übernachten. In ihrem ehemaligen Zimmer richtet sie sich mit Sofakissen und einer Decke ein Bett und beschließt, auch noch ein heißes Bad zu nehmen. Während sie das Wasser einlaufen lässt und sich auszieht, fühlt sie sich zum ersten Mal einsam in dieser Wohnung, schutzlos.

Später liegt sie in dem duftenden Wasser und verteilt die Schaumwölkchen über sich und grübelt, wann dieser Übermut, diese Frechheit und Lebenslust ihrer frühen Kinderjahre aus der Familie verschwunden sind. Das muss schleichend und unbemerkt passiert sein, denkt sie, mit der besseren Wohnung, dem sicheren Einkommen, dem Wohlstand.

Man hockte nicht mehr mit jedem und jeder auf der Decke beim Sonntagsausflug. Nicht einmal alle Verwandten waren mehr willkommen, es gab allmählich wieder Unterschiede.

Der eine Onkel war ein stellenwechselnder Hallodri, seine ziemlich schlampige Frau kam vor ihrem

56

Wocheneinkauf regelmäßig »pumpen«, die Cousinen rochen ungewaschen und nach billigem Tee. Manchmal öffnete man am Sonntagnachmittag nicht die Tür, wenn sie klingelten. Sie wären sonst noch bis zum Abendessen geblieben.

Die einen zogen von den Dachböden und Souterrains in properes Eigentum, die anderen in laute Sozialwohnungen. Ihre Kinder besuchten verschiedene Schulen.

Später als Erwachsene trafen sie sich nur noch auf den Beerdigungen der Großeltern und vermieden nach Möglichkeit Versprechen oder den Austausch von Adressen.

Der Vater pupste nicht mehr zu Führerreden in die Wanne und die Mutter wurde dünn und polierte im Satin-Hausanzug das Furnier der Schrankwand auf Hochglanz. Der Fernseher lief ständig, ersetzte Welt und Gespräch und räumte die Familie ordentlich auf dem Sofa auf. Die Sonntage wurden sehr langweilig, nur von Bratenessen und dem Sonntagskuchen bei den Großeltern unterbrochen.

Diese Fotos mit all dem Zusammenhocken und Lachen und Schmausen, überlegt sie und lässt noch etwas warmes Wasser nachlaufen, die sind so unglaublich mitreißend, so bewegend und lebendig. Auch irgendwie schmerzlich. Wieso gibt es später nicht mehr solche Bilder, warum sehen die Bilder von heute so belanglos nett aus?

Und sie fragt sich auch, wann ihr selbst diese

gewaltige Lebensfreude abhanden gekommen ist, an die sie sich noch mit allen Sinnen erinnern kann. Oder ist sie immer nur Zuschauerin bei dieser Feier des Überlebthabens gewesen, selbst stets nachdenklicher als ihrem Alter angemessen gewesen wäre?

Schließlich steht sie auf und trocknet sich ab, sie wird in den getragenen Kleidern schlafen müssen. Sie lässt das Badewasser ab und spült die Wanne aus. Dann gurgelt sie mit ein paar Handvoll Wasser und kämmt sich die Haare mit dem Kamm, den zuletzt der Vater in der Hand gehalten hat. Sie zieht die Unterwäsche wieder an, dann fällt ihr der große Kleiderschrank im Schlafzimmer ein. Er ist nicht mehr so gedrängt voll wie früher, der Vater hat wohl doch einige Sachen der Mutter fortgegeben. Aber ein paar Kleidungsstücke sind noch da, sie zieht ein pastellfarbenes, nach Weichspüler duftendes Baumwollhemd heraus und schlüpft hinein. Es passt, natürlich.

Dann entdeckt sie im selben Fach, ungebügelt und lose zusammengelegt, einen lila Witz von einem Nachthemd, neckisch kurz mit albernen Rüschen um den Halsausschnitt. Sie vergräbt ihr Gesicht in dem Stoff und erstarrt fassungslos. Sie kann ihre Mutter riechen. Sie kann sie so deutlich riechen mit ihrem typischen sehr weiblichen, sehr fleischlichen Geruch, als sei sie gerade zu ihr ins Bett gekrabbelt, noch klein und trostbedürftig nach schlechten Träumen, und kuschele sich ganz eng an ihren warmen, weichen Körper. Ihre Kehle

58

wird eng vor Sehnsucht nach diesen längst vergangenen Augenblicken des Geborgenseins. So stark und schützend ist die Mutter ihr erschienen, so fröhlich und kämpferisch.

Sie legt dieses komische kleine Nachthemd mit dem von keiner Zeit verwehten Duft mütterlicher Liebkosungen erschüttert zurück und schließt den Schrank.

Langsam geht sie wieder in das Wohnzimmer und hockt sich auf den Boden vor der Schrankwand, wo noch die Alben und Fotokisten liegen, die einzupacken sie vor Stunden begonnen hat. Sie streicht mit den Fingern sanft über ein Bild der Mutter, dann öffnet sie das Barfach und gießt sich aus einer Cognacflasche den verbliebenen Rest in einen gläsernen Schwenker. Sie nippt daran, dann wühlt sie in den oberen Schrankfächern zwischen den Vorratspackungen Zigaretten, den »Stangen«, bis sie die fürchterlichen Mentholzigaretten der Mutter gefunden hat. Der Vater hat sie aufgehoben.

Aus dem halben Dutzend Feuerzeuge daneben sucht sie sich eines aus. Sie findet auch noch einen peinlich sauberen Aschenbecher mit einer kurzen Metallstange in der Mitte, mit der auf Knopfdruck die glänzende Oberfläche geöffnet und Asche und Kippen in den darunterliegenden Auffangbehälter gekippt werden können. Sie muss schmunzeln. Das hat man einmal so schick gefunden. Wegen der glänzenden Oberfläche, der raffinierten Federmechanik und weil es damit angeblich weniger nach Rauch gestunken hat.

Sie ist mit Zigarettenqualm aufgewachsen. Während sie sich mit ihrem Cognac und den Zigaretten auf den Boden hockt, staunt sie über den Gesinnungswandel, den es auch in dieser profanen Hinsicht gegeben hat.

John Wayne und Marlon Brando, Anna Magnani und Hildegard Knef, James Dean und Humphrey Bogart – wie hätten sie ihren Figuren Tiefe und Ausdruck geben können ohne? Ohne die abgenagte Kippe im mürrischen Mundwinkel, ohne die glühende Spitze zwischen lässigen Fingern? Ohne den rauchenden Stummel, den Bogie nach dem letzten erbitterten Zug nur mit Daumen und Zeigefinger zu Boden schleuderte, um sich ohne den kleinsten Rest einer Illusion seinem Gegner zu stellen, der gerade noch sein Freund oder seine Geliebte zu sein schien?

Genauso wenig konnte sie sich den Vater ʹohneʹ vorstellen. Immer beulte sich eine Brusttasche im Hemd vor und die Schachtel darin schimmerte durch, das Feuerzeug kam gleich nach dem Anziehen in die Hosentasche, noch vor dem Hausschlüssel.

Früher, als sie ihm das Essen an die Werkbank brachte, hüpfte ihm die Zigarette meist im Mundwinkel im Kreis herum, während er mit den Kollegen scherzte. Sogar pfeifen konnte er mit Zigarette im Mund. Wenn gar nichts ging, hatte er sich zumindest eine für später hinter das Ohr geklemmt. Die anderen Männer hielten das genauso. Besuch bekommen und nichts zum Rauchen anzubieten, wäre ungastlich gewesen.

Als sie erwachsen geworden war und ihm das Rauchen ausreden wollte, wimmelte er sie ausnahmsweise rundweg ab. »Weißt Du, wie lange ich schon rauche? Ich habe mit achtzehn Jahren angefangen, bei der Marine. Die haben uns das sogar ausgeteilt, jeder hat seine Ration bekommen.« Das habe gegen das Nervenflattern vor Einsätzen geholfen, aber auch gegen Hunger. »Ich habe irgendwann gar keinen Hunger mehr gehabt«, erzählte er, »nicht 'mal, als ich bei den Amis in der Küche arbeiten musste. Ich hab 'nichts 'runtergekriegt.« Die Amerikaner wurden im Gegensatz zu den Russen überreichlich mit allem Erforderlichen versorgt. Sonst hätte ihn seine Klauerei den Kopf kosten können. Der Vater brachte dem ausgehungerten Flüchtlingsmädchen, in das er sich sofort und für immer, bedenken- und bedingungslos verliebt hatte, alles mit, was er an Essbarem aus dem Versorgungslager und der Küche hinausschmuggeln konnte.

Er fing auch unter diesen verrückten Bedingungen an, für die Seinen zu sorgen. Er versorgte ihren kleinen Bruder, ihre Mutter, er versorgte seine Eltern, die er halbtot und gerade noch rechtzeitig aus russischer Gefangenschaft herausgeholt hatte.

Wie er erzählte, hätten sie alle »geklaut wie die Raben«, die ganzen jungen Kriegsgefangenen. Und einen Sport hätten sie sich daraus gemacht, die vielen Reste fast unter der Nase der Kaugummi kauenden Küchenbullen hinauszuschmuggeln, was verboten war,

61

und sie den wartenden Hungerleidern schnell über den Kasernenzaun zuzuwerfen.

So gewitzt sie sich auch vorkamen, hatte er dennoch den Eindruck, dass die Aufsicht führenden Amerikaner mehr als ein Auge zuzudrücken pflegten. Aus dem Feind wurde »Onkel Sam«.

Für sich klaute er nur Zigaretten. »Und dann war das ja auch ein Zahlungsmittel«, sagte er, » das Geld war ja nichts mehr wert, damit konnte man nichts mehr kaufen. Und wir haben immer noch gehungert und wie.« Ob auf dem Schwarzmarkt oder bei Hamsterfahrten aufs Land, ohne Zigaretten zum Eintauschen ging gar nichts. Wie hätte man den Männern seiner Generation die Zigaretten wegnehmen können?

Die Frauen fingen erst später mit dem Rauchen an, nach dem großen Essen. Für sie stellte es Wohlstand, Freizügigkeit, Weltläufigkeit dar. Es war zur schicken Geste geworden. Zum Anlass für eine Arbeitspause und um die Figur zu halten.

Manchmal aber auch, wie bei der Mutter, um Abgründe zu füllen und Depressionen in Schach zu halten.

Den Vater hatten die Zigaretten seit seinem ersten Kriegseinsatz durchs Leben begleitet, anscheinend schadlos. Er blieb gesund und wurde alt. Dann schlugen sie schnell und überraschend zu, als meinten sie es immer noch gut mit ihm. Am Ende bereiteten sie ihm einen fast erträglichen Tod.

Bis zuletzt musste sie so ihre klugen Urteile relativieren und lernen, dass nichts jederzeit und für jeden gelten konnte.

62

Sie reißt die durchsichtige Umhüllung der Packung auf und zieht eine Schachtel heraus. Sie hat spät mit Rauchen angefangen und es sich nach wenigen Jahren wieder abgewöhnt. Die meisten Freunde und Bekannten um sie herum rauchen spätestens seit der Geburt der ersten Kinder nicht mehr. Passivrauchen, Gentechnik, Allergien auslösende Zusätze, krebsgefährdende Rückstände, zudem unfair gehandelte Waren – die Liste fataler Fehler ist ausgerechnet für sie und ihre Altersgenossen besorgniserregend lang, das Richtige vom Falschen zu unterscheiden oft unmöglich, das schlechte Gewissen unausweichlich. Nichts ist mehr sicher und mit Sicherheit richtig.

»Scheiß´ drauf!«, denkt sie und reißt die Packung auf. Sie zündet sich eine Zigarette an und nimmt einen tiefen Zug, voll auf Lunge. Man verlernt es offenbar nicht. Das Kraut schmeckt scheußlich wie eh und je, die lange Lagerung hat es auch nicht verbessert.

Sie fühlt sich merkwürdig frei. Sie lacht sogar, als sie den ulkig scheppernden Mechanismus des Aschenbechers betätigt, und trinkt einen anständigen Schluck aus ihrem Glas. Sie fühlt sich alt und reif und zugleich zurückgekehrt in ihre Jugendzeit. Froh und traurig, leicht und schwer. Mir steigt der Alkohol schon in den Kopf, denkt sie grinsend. Prosit, Mama!

Dann stöbert sie in den Fotokisten, die sie aus dem Schrank geholt, aber noch nicht in den Karton gepackt hat, den sie mitnehmen und aufbewahren wird. Die Bilder ähneln sich, nur dass sie selbst darauf größer wird, sich verändert. Sie schließt die Kisten und packt sie behutsam ein. Ebenso die Fotoalben, schwer und leinenbezogen, von Hand fadengeheftet, in denen der Vater in seiner Matrosenuniform, die Mutter in ihrem kurzen, für die Trauung geliehenen Kleid abgebildet sind, beide zum Niederknien jung und verletzlich, seltsam süß. Dabei haben sie da schon alles hinter sich gehabt.

Der Boden ist nun freigeräumt, sie zieht weitere Kisten aus dem unteren Schrankfach, aus Plastik und vom Fotofachgeschäft in der Hauptstraße, zum Aufbewahren von Dias. Daneben liegen stapelweise bunte Prospekte, von Hotels und Pensionen an der Riviera, Ferienanlagen an der Costa Brava, auf Mallorca natürlich, aber auch von zünftigen Gasthäusern in Bayern und Österreich mit Panoramablick auf die Berge.

Sie hat also die Epoche der Dia-Abende mit Schnittchen, Käsewürfeln am Zahnstocher, Erdnüssen und leuchtend bunten Urlaubsbildern erreicht.

Sie zieht an ihrer Zigarette und legt sie wieder auf den Aschenbecher. Sie erinnert sich, dass ein besonderer Nervenkitzel für die Mutter gerade darin bestanden hat, auf der Rückreise möglichst viel Alkohol und Zigaretten unverzollt über die Grenze zu schmuggeln. Mit dem Zug schon aufregend genug, auf dem Flughafen aber die absolute, schweißtreibende Zitterpartie. Und es hat jedes Mal wieder sein müssen, die Koffer hingen wie Blei am Arm und schepperten vor lauter Flaschen, trotz der umgelegten Handtücher, allen Dreien klopfte das Herz bis zum Hals und ohne die stickige Hitze in der Abfertigungshalle hätten ihre roten Gesichter mehr als verdächtig ausgesehen.

Aber sie haben es jedes Mal geschafft, die Schmuggelware sicher heimzubringen. Immer noch schwarzmarkttauglich!

Sie öffnet das Barfach und schiebt Flaschen beiseite. Tatsächlich findet sie noch angebrochene Flaschen aus den damaligen Beutezügen. Klebrige Liköre, von denen man nicht viel herunterbringt. Deshalb haben sie überlebt. Sie gießt sich einen giftig-blauen Curacao ein und probiert. Pappsüß und widerlich, aber sie registriert ein angenehmes Aufweichen in ihrem Kopf. Nichts mehr gewöhnt, denkt sie und hockt sich ein bisschen wackelig wieder auf den Boden.

Sie nimmt einen der Plastikkästen zur Hand und zieht den Deckel mühsam auf. Sie holt das erste Diarähmchen heraus und dreht sich so, dass sie es im Gegenlicht der Deckenlampe betrachten kann. Da ist sie auch schon selbst, halbwüchsig und keck im gestreiften Badeanzug, mit Sonnenbrille und die Nase rot wie Grütze. Sie strahlt, das Meer glitzert, der Sand brennt unter den Füßen und die Sonne auf dem Kopf.

Sie erinnert sich noch vollkommen an den Moment, als sie in der ersten Morgendämmerung aus dem Zugfenster schaute, hin- und hergeschüttelt

65

oben in ihrer Schlafkoje und herrlich aufgeregt auf dieser ersten Reise ihres Lebens: da war es, am Horizont und nur als silbergrauer, sanft glänzender Streifen zu sehen, aber eindeutig – das Meer. Von diesem ersten Augenblick an liebte sie es.

»Ich kenn´ ja die See«, sagte er, als die Mutter die ersten Prospekte und Kataloge anschleppte, »aber, ob das was für Euch ist? Ihr könnt ja nicht 'mal richtig schwimmen, das ist gefährlich.«

Als das nicht half, behauptete er, sie würden das Essen dort nicht vertragen. »Ich bin ja Fisch gewöhnt«, brüstete er sich, »aber Ihr werdet damit Probleme kriegen. Immer Fisch und Meeresfrüchte, womöglich Krabben. Und dann das viele Öl. Und dauernd gibt es Nudeln bei den Italienern!« Sie lachten und er gab natürlich nach.

Tatsächlich war er derjenige, der bei der ersten Fischplatte würgte, als ihn die toten Fische anstarrten. »Unser Seemann«, foppten sie ihn und er schaute verwegen.

Diese ersten Reisen wurden wunderbar. Die Sonne mit ihrem ganz anderen Licht, die steil aufragenden Felsen mit ihrem wilden Gesträuch, die fremdartigen Gerüche der Kräuter und Speisen, die laut und fröhlich palavernden italienischen Familien um sie herum, der köstliche Gestank der Käseläden, das fantastische Eis – alles war schlicht unglaublich.

Aber das Überwältigendste war und blieb einfach – das Meer.

66

Die Eltern waren womöglich noch hingerissener, noch neugieriger, begeisterungsfähiger, ja noch kindlicher als sie. Gleich beim ersten Rundgang nach der Ankunft rannte die Mutter außer sich vor Staunen, jauchzend und lachend den Strand entlang. Ausgelassen sprang sie den zurückweichenden Wellen nach und verdarb sich sofort und ohne Bedauern ihre nagelneuen Mokassins, als die zurückbrandenden Wellen sie bis über die Knie überfluteten.

Der Vater hielt sich zunächst zurück, gab sich noch weltmännisch unbeeindruckt. Vielleicht musste er aber auch seine erste Begegnung mit einem Meer nach über zwei Jahrzehnten bewältigen.

Wie gewohnt, behielt sie beide im Blick. Sorgen und Hinterfragen und Zweifeln, ob auch wirklich alles in Ordnung sei, waren bereits alltägliches Repertoire. Aber dann riss die Begeisterung erst sie mit, dann den Vater. Erhitzt und übermütig, die Schuhe voller Sand, schaute sie sich um und sah ihn mit aufgekrempelten Hosen, strahlend und nass bis unter den Hintern, im Wasser umher hüpfen, die Arme zur Sonne ausgestreckt, singend.

Zumindest für diesen kurzen Moment hatte er das Meer seiner Kindheit wiedergefunden.

Sie hält weitere Dias gegen das Licht, die sie vorsichtig einzeln aus dem Kasten holt. Viel Meerblau ist zu sehen und immer wieder sie oder die Mutter, am Strand in bunten Badeanzügen oder Eis schleckend in leichten Hängekleidern auf

Seepromenaden. Man sieht den Bildern seinen Stolz auf seine beiden hübschen Mädchen an.

Wenn der Vater zu sehen ist, hat sie meistens die Kamera bedient. Es sind schöne Bilder von ihm, die sie geknipst hat. Braune Haut und blaue Augen und eine ebenmäßige Gestalt, er hat sich richtig gut gemacht in der Fremde und die Frauen haben ihm freundliche Blicke zugeworfen. Und dabei, grinst sie seine Bilder an, hat er sich aus fernen Ländern und fremden Frauen gar nichts gemacht, die kratzbürstige Eifersucht der Mutter war absolut überflüssig bei einem Mann, der bei jeder Rückkehr erleichtert »Daheim ist halt daheim!« seufzte.

Sie findet ein Bild, das die Eltern im Wasser zeigt, den Vater bis über die Hüften im Wasser stehend und die Mutter mit einer Hand unter ihrem Bauch haltend.

Er gab Frau und Tochter in diesem ersten Urlaub Schwimmunterricht. Seine gut gemeinten Bemühungen führten dazu, dass sie eine ziemlich unsichere Schwimmerin wurde und die Mutter es gleich gar nicht lernte.

Obwohl das Meer es fast geschafft hatte, ihn wieder zu verführen, vergaß er nicht, wie es auch sein konnte. Seine Anweisungen waren durchzogen von ängstlichen und Furcht erregenden Ermahnungen: »Immer erst abkühlen, langsam in das Wasser, ja nicht einfach aus der Hitze hineinspringen! Da kann man einen Herzschlag kriegen!« oder »Nicht hinausschwimmen, da gibt es Strömungen, gegen die Ihr niemals anschwimmen könnt!« Er verbrachte viel Zeit damit, der Tochter vor allem die langsamen, Kraft sparenden, reichlich spaßfreien Schwimmzüge beizubringen, die ihn vermutlich gerettet hatten. Das sagte er zwar nicht, aber sie konnte es sich denken.

»Und denk ans Wassertreten, mach 'mal! Merkst Du, wie es Dich trägt? Einfach treten und Du bleibst immer oben, Du brauchst gar keine Angst haben!«

So fing sie an, sich vor dem Wasser zu fürchten. Sie liebte das Meer zwar trotzdem und für immer, bewegte sich darin aber lächerlich vorsichtig und ungeschickt.

Allmählich überwältigt sie die Müdigkeit, vielleicht auch der ungewohnte Alkoholgenuss. Sie beschließt, den halb gefüllten Karton stehen zu lassen, ebenso die aus dem Schrank geräumten Plastikboxen und Prospekte. Sie trägt Aschenbecher und Cognacschwenker in die Küche, benutzt noch einmal die Toilette und spült den säuerlichen Geschmack aus dem Mund. Sie löscht die Lichter und schafft es gerade noch zu ihrem Bett, als sie auch schon erschöpft einschläft.

Im Schlaf umfangen sie die vertrauten Geräusche und Gerüche der Wohnung, ihr gewohnter Gaststatus verliert sich unbemerkt im Zurücksinken und Heimkommen, die Frau tritt hinter die nie verlorene Tochter zurück. Im Schlaf scheint alles wieder an seinem Platz zu sein. Mitten in der

Nacht wacht sie mit trockenem Hals und voller Blase auf. Sie findet auch im Dunkeln aus dem Zimmer auf die Toilette, keinen Augenblick ist sie desorientiert. Als ob ihr eigenes, heutiges Zuhause nicht einmal eine Nacht lang bestehen kann gegen die Räume, die sie als Kind und Jugendliche bewohnte.

Sie geht nicht zurück ins Bett, sondern tastet sich durch die Wohnung bis zum Wohnzimmer, das durch die Jalousienritze von einer Straßenlaterne schwach erhellt wird.

Sie hatte ihren unruhigen Schlaf schon als Kind für gegeben angesehen, ein Familienerbstück. Schließlich hatte sie die Mutter fast immer hier auf dem Sofa sitzend angetroffen, wenn sie nachts aufwachte und von der Toilette zurückkam.

Als sie etwas älter geworden war, registrierte sie bald automatisch, ob ein Glas oder gar eine Flasche mit Cognac vor ihr stand und ob der Aschenbecher sich schon sehr gefüllt hatte. Manchmal rechnete die Mutter mit einem der in Mode gekommenen Taschenrechner und schrieb mit konzentrierter Miene lange Zahlenkolonnen auf ein Blatt, manchmal saß sie auch einfach nur nachdenklich da und starrte dem Rauch ihrer Zigarette hinterher.

Das junge Mädchen fühlte sich bei diesem Anblick immer sehr unsicher und merkwürdig hilflos. Der Cognac war erst in diesen saturierten Jahren dazugekommen. Wahrscheinlich, als die Seligkeit des

Überlebthabens abgeflaut war und die Mutter ihren Erinnerungen nicht mehr ausweichen konnte.

Sie starrte durch die bunten Bilder der letzten Jahre wie durch vorbeiziehende und aufreißende Wolken hindurch und weit zurück auf dunkle Szenen, die sie niemandem je erzählen würde, die aber unauslöschlich in ihr Gehirn eingebrannt waren.

Die Tochter wusste das. Selbst, wenn nur Weniges wirklich in Worte gefasst wurde, gab es keine klare Trennlinie im Bewusstsein der beiden Frauen. Nur eine hauchdünne Membran, die sich der Transzendenz des Erlebten über alle Schranken der Zeit, der Generationen, der Personen hinweg öffnete. Die Bürde der Mutter wurde die Bürde der Tochter, jedoch ohne die Last des abgrundtiefen Entsetzens auch nur um ein Gran zu erleichtern.

Die Frau steht an den Türrahmen gelehnt, von dem aus sie früher auf die in ihrem nächtlichen Albtraum versunkene Mutter geschaut hat. Die Luft steht schwer, erstickend warm und unheimlich dunkel im Zimmer. Sie schließt die Augen und lehnt die Stirn an den Rahmen, weder fähig zum Weggehen noch zum Betreten des Zimmers, denn jede Bewegung würde dieses Bild vergangener Zeiten auflösen, die schmerzlich innige Verbindung zerstören. Sie wagt kaum zu atmen.

Die Augen der Mutter schimmerten groß und dunkel in ihrem zarten, blassen Gesicht. Manchmal glänzten sie wie von Tränen, wie von Lachen und Weinen zugleich. Masurische Seen in Vollmondnächten. Und immer schienen sie in unsagbare Tiefen zu schauen. Niemals konnte sich die Tochter Geheimnisse und verborgene Regungen unter diesen Blicken vorstellen. Was hätte sie denn auch mit ihren albernen, kleinen Jungmädchen-Erlebnissen vor Augen zu verbergen gehabt, die bereits alles gesehen hatten?

In den Nächten, in denen sie die Mutter versunken wachend antraf und stumm beobachtete, meinte sie zu sehen, was die Mutter sah. Verschwommen, unscharf, nicht in der schrecklichen Präzision unauslöschlich eingemeißelter Erinnerungen. Trotzdem war sie sicher, die vor der Mutter aus dem Grau der Zeiten auftauchenden Bilder mit ansehen zu können, vorbei an ihrem schmalen, verkrampften Rücken.

Die Frau dreht sich schließlich weg und schlurft müde zurück in ihr altes Zimmer. Im Bett denkt sie an die Zettel voller Zahlenreihen, die ihre Mutter nachts immer und immer wieder durchgerechnet hat. Sie selbst kann keine Zeitungsmeldung zu den neuesten Arbeitslosenzahlen lesen, ohne sich sofort persönlich bedroht zu fühlen. Wir sind gut ausgebildet, schuldenfrei, Doppelverdiener, sagt sie sich und weiß, dass das nichts nützt gegen diese merkwürdige Angst. »German Angst« nennen eben die Zeitungen, die sie schüren, dieses lauernde und beim geringsten Anlass zupackende Gespenst seit neuestem.

»Ich bin immer so ängstlich«, erzählte ihr kürzlich eine jüngere, tief gläubige Nachbarin, »ständig finde ich etwas, was mich ganz unruhig macht. Ich bekomme gleich Angst, wenn ich die Kinder nicht irgendwo in der Nähe sehen kann oder wenn der Mann unterwegs ist.« Sie denke manchmal, der Krieg und die ganzen schlimmen Zeiten damals seien schuld daran. Sie selber habe es ja nicht erlebt, aber ihre Mutter. Und die kenne sie auch nur ängstlich und furchtbar besorgt. »Vielleicht kommt Dir das komisch vor«, sagte sie nachdenklich, »aber wieso haben so viele Leute ständig Angst? Uns geht es doch noch ganz gut. Mir kommt es so vor, als ob wir nicht an ein gutes Ende für uns glauben können.« Und nach einer Pause: «Schließlich wollten wir das auserwählte Volk Gottes umbringen!«
Sie hatte darauf nichts zu antworten gewusst.

Die Frau wälzt sich hin und her, um eine bequemere Position auf der durchgelegenen Matratze zu finden. Ihr ist es zu warm in diesen Räumen, die immer überheizt sind, weil die Eltern nie wieder frieren wollten. Aber sie hasst es, sich aufzudecken. Ohne den Schutz einer Decke, die sie sich bis über das Kinn ziehen kann, fühlt sie sich selbst in dieser abgeschlossenen, stillen Wohnung zu preisgegeben.

»Ich bin schuld«, sagte die Babcia einmal, als das Mädchen schon älter war und Fragen stellte, »wenn ich mir nich an meine paar Töppe un Schüsseln un des bissel Gelumpe geklammert hätt, wär dem Mädel des alles nich passiert. Die hat schon lange weg gewollt. Bevor die Russen gekomm sind.« Sie schüttelte ihren zarten, grauen Kopf: »Aber ich hätt ja nie geglaubt, dass es so schlimm kommen könnt.«

Und ich, denkt die Frau und stemmt sich hoch, ich kann mir dafür fast alles immer noch viel schlimmer vorstellen. Sie öffnet das Fenster weit und lässt die kühle Nachtluft herein.

Die Straße liegt ruhig und nur behutsam von einer einzelnen Lampe beleuchtet vor ihr. Sie beugt sich aus dem Fenster und betrachtet die gegenüberliegenden Wohnhäuser. Fast überall sind die Rollläden fest heruntergezogen, nirgendwo sieht sie Licht aus den oberen Luftschlitzen hervorscheinen. Die Nachbarn scheinen alle in ihren dunklen Wohnungen zu schlafen und trotzdem sperren sie noch die Blicke Fremder aus, die gar nicht durch die Dunkelheit zu ihnen durchdringen könnten.

Es ist eine ruhige Straße mit gepflegten Häusern, ordentlichen Grünanlagen und verschlossenen Haustüren. Hier meldet man sich an, bevor man zu Besuch kommt, und geht nicht einfach kurz vorbei.

Und jeder hat eine Hausrat- und Brandschutz- und Diebstahlversicherung. Und natürlich eine

74

Lebensversicherung und eine Zusatzversicherung zur Krankenkasse. Und eine betriebliche oder eine steuerbegünstigte Zusatzversicherung zur gesetzlichen Rentenabsicherung. Und für die Schulkinder die Ein-Euro-Unfallversicherung. Und für den Sommerurlaub die Reiserücktrittsversicherung und den ADAC-Unfallschutzbrief.

Sie fröstelt und schließt das Fenster, widersteht aber dem automatischen Griff zum Rollladengurt. Sie grinst, während sie sich wohlig in die warme Decke einwickelt, weil sie auch nicht freier ist als die ringsum schlafenden Nachbarn. Auch sie zahlt jeden Monat kräftig für das Gefühl, gegen verschiedenste Missgeschicke gewappnet zu sein, und trägt damit zu den Prachtfassaden der Versicherungen bei. Im Einschlafen fallen ihr noch die Amerikaner ein, die oft nicht einmal eine Krankenversicherung haben und trotzdem fröhlich Geld ausgeben und sich für unbesiegbar halten. Undenkbar hier in diesem Land nach alldem.

Endlich schläft sie wieder ein, träumt, wacht auf, hängt irgendwo zwischen Traumbildern und Erinnerungen.

Immer zwanghafter überprüfte die Mutter ihre Ein- und Ausgaben, füllte Sparbücher, suchte Einsparmöglichkeiten, sorgte sich, die Wohnung nicht abzahlen zu können und sie letztendlich wieder zu verlieren. Und dies, obwohl die Zeit des Aufschwunges, des wundersamen Wohlstands für alle, der sicheren Arbeitsplätze und der übervollen Sozialkassen angebrochen war. Die Zeit der ständigen Neuanschaffungen und Reisen.

Die Zeit von Alkohol und Pillen, während langhaarige Jugendliche grundsätzlich des Drogenkonsums verdächtigt wurden. »Bauknecht weiß, was Frauen wünschen!« im Werbefernsehen und »Mothers little helpers« im Radio.

Mit einem Ruck setzt sie sich auf. Der Morgen bricht erst an und sie ist noch nicht richtig wach, als sie die Beine aus dem Bett stößt und aufspringen will.

Zwischen Bett und Tür liegt ein vergilbter Teppich auf dem Boden und sie meint im Wachwerden, eine schmale Gestalt darauf liegen und verblassen zu sehen. Sie stöhnt und schließt die Augen, atmet tief durch und versucht, sich trotz zunehmender Wachheit an ihren Traum zu erinnern. Sie hat von einer großen Tasche geträumt, einer Arzttasche, eigentlich mehr einem Koffer. Hartschale, anthrazitgrau mit Chromeinfassung und –griffen, edel und funktional. Und zwei gepflegte, kräftige Hände mit kurzen Fingernägeln, die die Tasche schließen.

»Nicht zumachen!«, hat sie im Traum lautlos geschrien und sich auf den Mann in der weißen Hose stürzen wollen, dessen Hände entsetzlicherweise, unbegreiflicherweise alles wieder in die Tasche eingepackt haben, was sie zuvor ausgepackt hatten.

Sie zerrt sich die verhedderte Decke von den

76

Beinen und schluckt die sauer aufsteigende Verzweiflung herunter. Während sie das Fenster aufreißt und das Bettzeug heftig schüttelt und zusammenlegt, denkt sie daran, dass sie in Wirklichkeit nicht geschrien hat. Sie war zu spät gekommen. Zum ersten Mal hatte sie Angst und Sorge beiseite geschoben und sich nur um ihre eigenen Belange gekümmert. Das Recht der Jugend. Aber, denkt sie, den Preis zahle ich noch immer.

Sie geht aus dem Zimmer mit seinem leeren Regal und den ausgeräumten Schränken, nicht ohne sich kurz herunterzubeugen und den abgeschabten Flor des Teppichs wehmütig zu streicheln.

Noch immer müde geht sie zunächst in die Küche und füllt den Wasserkocher für den dringend nötigen Kaffee. Dann geht sie zur Toilette. Während sie schlaff, zerzaust und mit schlechtem Geschmack im Mund darauf sitzt und pinkelt, fällt ihr Blick auf den schmalen, hohen Schrank neben der Tür. Ein übliches, weißes Badezimmermöbel vom Mitnahmemarkt, das hier schon seit Jahrzehnten seinen Dienst tut. Ich habe seit Ewigkeiten nicht mehr hineingesehen, denkt sie verwundert, eigentlich habe ich ihn seit Jahren schlicht übersehen. Den muss ich ja auch noch ausräumen.

Sie spült und wäscht sich Hände und Gesicht, beim Hinausgehen streicht sie mit der Hand nachdenklich über die Schranktüren. Aus dem Badezimmer holt sie sich von ihrem Kleiderhaufen nur die dicke Strumpfhose und den langen Pullover, beides zieht sie wie früher an vergammelten Sonntagmorgen einfach über die Nachtwäsche.

Dann geht sie rasch in die Küche und rührt sich einen Schnellkaffee an. Mit der Tasse in der Hand streift sie durch die Zimmer und zieht einige Rollläden leise wieder hoch. Es ist noch nicht richtig hell. Das ist ihr angenehm. Sie braucht noch Zeit. Morgens will sie meist nichts essen, Kaffee genügt ihr. Allmählich dämmert ihr, dass sie mit ihrer Arbeit hier weitermachen muss. Sie hat höchstens ein paar Tage Zeit dafür. Aber ohne diesen äußeren Druck würde sie am liebsten nur so wie jetzt durch die Wohnung streifen, träumen, sich erinnern, die Zeit anhalten. Vielleicht gut, dass das nicht geht, weist sie sich zurecht und macht sich in der Küche noch ihren gewohnten zweiten Becher Kaffee.

Sie überlegt, dass sie mit den Dia-Kästen im Wohnzimmer weitermachen könnte. Sie muss sie nur in den bereitstehenden Karton packen. Aber sie weiß, dass sie daran hängenbleiben wird, obwohl sie sie ja aufhebt und später jederzeit anschauen kann. Aber in ihrem noch traumverhangenen Zustand wird das nichts. Also, wie mache ich weiter, überlegt sie und trinkt wieder ein paar Schlucke. Sie ist sich peinlich bewusst, dass sie gestern am Telefon behauptet hat, sie sei schon sehr gut vorangekommen.

Schließlich beendet sie ihre ziellose Wanderung im Schlafzimmer der Eltern. Sie stellt ihre Kaffeetasse auf dem Fensterbrett ab und öffnet die Türen des Kleiderschrankes, der eine ganze Wand

78

einnimmt. Sie betrachtet den Inhalt etwas ratlos, oben Regalböden voller durchaus noch guter Bettwäsche und nach Weichspüler duftender Handtücher, Schlafanzüge und Nachthemden in zärtlicher Nähe, im Fach nebenan stapeln sich zahllose, perfekt gebügelte und akkurat zusammengelegte Oberhemden. Wie hat er das nur immer hingekriegt, denkt sie. So was lernt man beim Barras, hat er gesagt. Ohne Stolz, nüchtern. Bei ihr sieht die Wäsche nach dem Bügeln kaum anders aus als vorher. Die weißen und pastellblauen Hemden liegen hinten. Die hat er schon lange nicht mehr angezogen. Vorne liegen die fröhlich gemusterten, die er in den letzten Jahren gerne unter bequemen Pullovern getragen hat.

Er hat seinen Kleiderbestand regelmäßig aufgefrischt, auch als die Mutter das nicht mehr für ihn tun konnte. Und dazu taillenhohe Altherren-Jeans und Sportschuhe getragen. Leger, aber sauber und ordentlich. Er hat sich nie gehen lassen, auch Haare und Nägel hat er sorgfältig gepflegt. Ein schöner alter Mann.

Unter den oberen Regalböden hängen an den Kleiderstangen mehrere Jacken für alle Jahreszeiten, zwei Mäntel, ein halbes Dutzend sauberer und offenbar ebenfalls gebügelter Jeans. Sie lächelt und streichelt über die Hosen. Jeans zu bügeln ist ihr wirklich noch nie eingefallen. Alter Preuße!

Im nächsten Schrankabteil hängt eine ganze Batterie von makellosen und nach Reinigung riechenden Anzügen. Seine C&As, denkt sie. Mein Mann ist jetzt Angestellter, hat die Mutter stolz erzählt, er arbeitet im Büro. Mehr Geld, ein Auto und Italien sind schon toll gewesen, sagt sie sich, aber ich habe den Geruch nach Metall vermisst, den er früher immer von der Arbeit mitgebracht hatte. Er hat ihn auch vermisst.

In Mutters Schrankabteil sind nur noch wenige Blusen und Hosen auf den Bügeln übrig. Sie hat keine Ahnung, wann er die anderen Sachen von ihr weggetan hat. Ob er sie verschenkt hat? Und ich, was mache ich mit den ganzen Sachen, fragt sie sich leicht panisch, das sind so viele Kleider. Und das meiste ist noch richtig gut. Das kann ich doch nicht einfach wegwerfen. Aber behalten ist auch Unsinn, das tragen wir doch nicht. Die Bettwäsche, die Handtücher? Sie merkt, dass sie nichts davon wird benutzen können, die Dinge sind nicht beliebig. Verschenken, zu Kleiderspenden geben? Sie schüttelt sich. Nein, nein, sagt sie, das sind seine Sachen, niemand sonst darf sie haben, ich will das nicht!

Schon verlässt sie der Mut. Sie nimmt sich ihre Kaffeetasse und setzt sich damit auf das breite Bett, den Blick verzagt auf die offenen Schränke gerichtet. Sie sieht wieder das lila Häufchen, das Nachthemd ihrer Mutter. Nein, sie darf das jetzt nicht wieder herausholen und daran riechen, dann ist der Morgen gelaufen. Auf den Schrankböden sind auch noch jede Menge Wäschestapel, dazwischen bunte Tischdecken, alles fleckenlos und sorgfältig zusammengelegt.

Sie sieht ein wolkiges Gebilde aus gelber Wolle und erinnert sich vage. Mit ihrer Tasse neben sich kniet sie am Boden und öffnet eine aufwändig gearbeitete, quadratische Tasche, die innen auch noch mit Batist-Stoff gefüttert ist. Sie beherbergt eine erstaunliche Anzahl zartester Batist-Taschentücher, die alle mit feinstem Seidengarn in verschiedenen Farben und Mustern umhäkelt sind. Ja natürlich, ruft sie, Babcia's alte Freundin. Und Streuselkuchen.

Als Kind durfte sie die Babcia begleiten, wenn diese einmal im Jahr ihre einzige von früher verbliebene Freundin besuchte. Das alte Fräulein war ledig geblieben, die Männer waren knapp geworden in zwei Kriegen. Sie hatte mit ihrer Schwester Zuflucht gefunden in einem schwäbischen Pfarrhaus, das inmitten eines Bauerndorfes in einem blühenden Obstgarten stand.

Im Erdgeschoss bewohnte jede von ihnen ein winziges Zimmerchen, das auf das merkwürdig riechende, dunkle und selbst im Sommer kühle Treppenhaus hinausging. Dort befand sich unterhalb der knarrenden Treppe eine der Hauptattraktionen, für die sich die Reise schon gelohnt hatte, das Plumpsklo. Aus vergrautem Holz grob gezimmert, ein dunkles, kaltes Kabuff, das das Mädchen stets mit wohligem Schauder betrat. Der Holzkasten, auf den eine ungeschliffene Holzplanke mit kreisrunder Aussparung in der Mitte genagelt war, war so hoch, dass sie sich mühsam rückwärts

hochhieven musste, den Schlüpfer schon herunterge-
zogen bis zu den Knien. Wenn sie schließlich saß, fiel
etwas graues Licht durch ein rundes Loch oben in der
Tür und aus der Tiefe unter ihr zog es eiskalt. War das
auch etwas unheimlich, so genoss sie es doch und fand
sich sehr mutig. Nur, dass vielleicht der Pfarrer mit
seinem dunklen Bart und schwarzen Anzug gerade
dann herunterkommen und zu dem Loch oben herein-
schauen könnte, beunruhigte sie etwas.

Trat sie aus der Tür, wartete schon die nächste
Mutprobe auf sie. Denn, egal wie leise sie die Klo-
tür geöffnet und geschlossen hatte, ging doch jedesmal
gegenüber die Tür auf. Ganz langsam, Zentimeter für
Zentimeter, bis sich eine leichenblasse Hand heraus
tastete, gefolgt von einem wirren, nach allen Seiten
lang abstehenden und in dem Zwielicht des Treppen-
hauses blendend weiß erscheinenden Haarschopf, der
ein wildes, bleiches Gesicht einrahmte, aus dem sie
riesige, fast farblose Augen minutenlang starr fixier-
ten. Sie blieb meistens still stehen und schaute zu-
rück, ließ sich von dieser unheimlichen Erscheinung so
lange betrachten, bis es dieser offenbar genug war und
sie sich, immer noch stumm und unendlich langsam,
wieder hinter ihre Tür zurückzog.

Eigentlich hätte sich das Mädchen, das damals noch
ziemlich jung war, fürchten müssen. Doch sie wusste
bald Bescheid über diese merkwürdige alte Frau, die
außerdem wirklich winzig war, sogar für das Kind,
und in ihren bei Tag und Nacht getragenen weißen
Nachthemden wie ein verängstigtes kleines Gespenst
aussah.

82

»Ach ja, die ist von Soldaten furchtbar geschlagen worden«, erzählte Babcias Freundin und sah von ihrer Häkelarbeit nicht auf, »beide Beine hatte sie gebrochen, die sind ganz krumm zusammengewachsen.« Sie hielt ihr rundes, rosiges Gesicht über den hauchzarten Stoff gesenkt, die feinen Häkelspitzen verlangten volle Aufmerksamkeit. »Seither ist sie so, da kann man nichts mehr machen. Manchmal schreit sie und wird wütend, aber dann schimpf ich halt bissel und dann ist es wieder gut.«

Babcias Freundin war wie ihre Schwester recht klein, aber alles an ihr war rund und rosig und in ihrem freundlichen Kindergesicht strahlten die hellblauen Augen, wenn sie ihnen die Tür öffnete und sie mit einem ganzen Tisch voller selbst gebackenem, köstlich duftendem Streuselkuchen empfing. Abends durfte die Babcia in das Bett der Freundin klettern, wo schon das Kind zwischen Bergen von Kissen und Federbetten lag. Bevor es sich die Freundin dann irgendwann auf ihrem schmalen Sofa bequem machte, rückte sie ihren Stuhl noch dicht an das Bett und redete in zunehmender Dunkelheit stundenlang leise mit der Babcia. Sie häkelte oder stickte dabei, bis sie nichts mehr sehen konnte, denn mit dem Licht musste sie sparen.

Während das Mädchen so lange wie möglich gegen ihre Schläfrigkeit ankämpfte und zu lauschen versuchte, unterhielten sich die beiden alten Frauen. Über früher, über die Stadt in Polen, in der beide geboren und aufgewachsen waren und wo sie mehr als ihr halbes Leben verbracht hatten. Straßennamen fielen, Familiennamen, sie klangen manchmal vertraut und manchmal ganz fremd, über Fabriken wurde gesprochen, fast ehrfürchtig, und über Arbeit, alles hing offenbar mit Stoff zusammen, mit Webereien und Spinnereien, nur die Ruinen standen nun noch.

Wenn sie es schaffte, die immer schwerer werdenden Augenlider zu öffnen, sah sie das Profil der Babcia und die über die Handarbeit gebeugte Gestalt ihrer alten Freundin als dunkle Umrisse im Dämmerlicht. Und während sie immer leiser und einschläfernder flüsterten, senkte sich allmählich völlige Dunkelheit über die drei Frauen. Nur das monotone Murmeln hielt noch lange an und begleitete das Mädchen in ihre Träume. So erfuhr sie von Verwandten, von Nachbarn und Freunden der Frauen.

So viele Namen, deutsche, polnische, russische, jüdische. Das wusste sie damals natürlich noch nicht, aber sie hörte den unterschiedlichen Klang. Sie konnte auch die Zeit oft nicht sicher zuordnen, wusste nicht, von welchem Krieg, von welcher Krise, von welchem Aufstand gerade gesprochen wurde. Aber sie verstand, dass furchtbare Dinge geschehen waren und dass es nicht immer die gleichen Menschen waren, die Opfer wurden, und nicht immer die gleichen, die schrecklich handelten.

Sie hörte von Leuten, die andere ausbeuteten und verhungern ließen, sie hörte von Menschen, die auf der Straße überfallen und totgeschlagen wurden, von solchen, die nachts aus ihren Häusern gezerrt und nie wieder gesehen worden waren. Und von Soldaten, die schlugen und erschossen. Zuletzt die russischen. Die Schwester der Babcia war schon älter gewesen, als die Russen sie tagelang eingesperrt hielten und schlugen, immer wieder brutal zusammenschlugen. Sie überlebte, aber gebrochen und starb wenige Jahre später. Die Babcia hatte sie nie wiedergesehen. Und die einzige Tochter der Schwester hatte von keiner Seite Ruhe bekommen: »Der ihr Mann war doch a Pole, sogar Offizier. Schon Jahre vorher is der abgeholt worden. Erschossen. Im Wald mit andere. So jung Witwe, keine Kinder. Die wollte nich mehr heiraten. Und dass sie einen Polen geheiratet hat, haben sie ihr auch noch vorgeworfen. Und dann sin die Russen gekommen. Die hat was mitgemacht.« Die beiden alten Frauen murmelten und flüsterten und mit der Dunkelheit zogen auch erste Schatten ein in das kindliche Gemüt, wie konnte sie noch vertrauen, dem Frieden, der Ruhe, den Menschen? Endlich schlief sie dann doch ein, während die Frauen leise seufzend noch derer gedachten, von denen sie nichts mehr gehört hatten: »Wer weiß, was aus denen geworden ist, ach ja!«

Sie mochte das alte Fräulein, das ununterbrochen diese komplizierten Spitzen zu häkeln schien, als dürfte sie nicht aufhören damit und halte sich an dem zarten Stoff mit beiden Händen fest. Was fertig war, verschenkte sie großzügig oder verkaufte es auf dem Gemeindebasar, um für den Erhalt einer Kirche in Polen zu spenden.

Sie besuchte sie noch nach dem Tod der Babcia gelegentlich in dem Altersheim, in dem sie zuletzt lebte. Da war sie schon sehr gebrechlich geworden und fing

an, alle möglichen Leute schlimmer Absichten zu ver-
dächtigen. Aber über ihre Besuche schien sie sich zu
freuen, briet ihr in ihrem Zimmer verbotenerweise
Berge Kartoffelpuffer und schenkte ihr noch mehr um-
häkelte Taschentücher.

Ihr Kaffee ist kalt geworden, sie hat die wollene
Tasche ausgepackt und die zarten Stofftücher vor
sich ausgebreitet. Nun bin ich doch wieder hän-
gengeblieben, denkt sie und betrachtet sie mit ge-
mischten Gefühlen. So viele Stunden ihres Lebens
hat sich die kleine, alte Frau über ihre Handarbeit
gebeugt, sich daran festgehalten, und gerade deshalb widerstrebt es ihr, das alles aufzubewahren.
Schließlich nimmt sie ein einziges Tuch, dessen
Häkelspitzen in verschiedenen Pastelltönen chan-
gieren und das schwierigste Muster von allen auf-
zuweisen scheinen. Ja, sagt sie zu sich selbst, wenn
man sich an etwas erinnern möchte, benötigt man
nur ein Taschentuch, in das man einen Knoten
macht. Und in das hier muss ich nicht einmal
einen Knoten machen, die Spitzen werden mich
erinnern.

Sie wird das einzelne Tuch zu den Fotos legen,
dort gibt es sicherlich auch noch irgendwo eine
Fotografie von Babcias alter Freundin.

So steht sie auf, legt das eine Taschentuch auf
das Bett und den Rest wieder zurück in die Tasche
und diese in den Schrank. Sie sieht sich mit zusammengekniffenen Augen im Schlafzimmer um und

überlegt, wie sie dieses Zimmer räumen könnte. Ich kann so nicht weitermachen, ermahnt sie sich, sonst bin ich noch den Rest meines Lebens damit beschäftigt.

Ihr Blick fällt auf die Nachttische zu beiden Seiten des breiten Ehebettes. Gut, denkt sie, das ist vernünftig. Sie weiß, dass die Eltern ihre wichtigsten Unterlagen in den geräumigen Schubladen aufgehoben haben. Der Vater hat sie gelegentlich daran erinnert. Für alle Fälle, hat er gesagt, da findest Du alles drin, Sparbücher und Versicherungen und Papiere. Sie wird munter, das ist zumindest eine klare Sache, die Papiere muss sie natürlich mitnehmen und zuhause in Ruhe durchgehen.

Sie bringt die gebrauchte Kaffeetasse in die Küche, legt das Taschentuch im Wohnzimmer zu den Fotoalben in den Karton, der dort steht, und geht in die Abstellkammer. Gut, dass sie genügend Kartons mitgebracht hat. Sie faltet sich einen davon zurecht und nimmt ihn mit in das Schlafzimmer. Sie zieht auf Vaters Bettseite die Schubladen auf. Sie sind tatsächlich gefüllt mit Ordnern und Heftern und großen braunen Kuverts. Sie blättert nur oberflächlich und zieht ein paar vereinzelte Blätter heraus. Wie der Vater gesagt hat, handelt es sich um Versicherungsunterlagen, Rentenbescheide, die Unterlagen für die Wohnung. Sie packt alles ordentlich in den Karton, jetzt erst fällt ihr ein, dass auch das Testament der Eltern dabei sein müsste. Sie wird zuhause nachsehen.

Nun wechselt sie auf die andere Bettseite und

zieht die obere der beiden Schubladen heraus. Hier sind die ganzen Sparbücher gestapelt. Es sind Dutzende. Sie runzelt die Stirn, das kann ja wohl nicht sein. Dann sieht sie, dass nur zwei Sparbücher in Gebrauch sind, alle anderen sind mit einem Locher entwertet worden, als sie aufgelöst worden sind. Sie hat wirklich alle Sparbücher aufbewahrt, die sie je besessen hat, denkt die Frau kopfschüttelnd, sogar die der Großeltern, sogar mein erstes Jugend-Sparbuch für das Konfirmationsgeld ist dabei, alle längst aufgelöst. Fast kommt sie in Versuchung, die ungültigen Sparbücher mit einzupacken, so oft hat sie die Mutter darüber grübeln gesehen. Aber sie legt sie beiseite zum Wegwerfen.

In einer Ecke der Schublade liegen hübsch bezogene Schachteln, die sie neugierig öffnet. Eine Perlenkette, auf dunklen Samt gebettet, ein Urlaubs-Mitbringsel von Mallorca. Ein richtig funkelnder Brillant-Ring, ach ja, es fällt ihr wieder ein, vom Vater an einem Hochzeitstag mit Bangen überreicht, die gute Absicht zu offensichtlich. Sie hat ihn getragen, gerührt. Zwei-, dreimal. Denn da ist Freude für die Mutter schon Schwerstarbeit gewesen, selbst ihm zuliebe.

Die Frau zögert, dann zieht sie den Ring über ihre Hand und legt sich die Perlen um, unsicher, ob ihr das erlaubt sei. Sie steht auf und geht in das Badezimmer. Im Spiegel sieht sie ihr blasses Gesicht zwischen ungekämmten Haaren und lacht, weil der Schmuck überhaupt nicht zu ihrem Aufzug passt. Trotzdem gefällt er ihr. Sie wird

Gelegenheiten finden, ihn zu tragen. Und an Euch zu denken, flüstert sie.

Sie geht zurück und packt die Sachen wieder in die verschiedenen Schachteln und legt sie neben die Ordner in den Karton. Sie zieht die untere Schublade auf und findet die vielen Kleinigkeiten, die eine Frau in ihrem Nachttisch aufbewahren kann. Sie muss schlucken. Der Vater hat diese Bettsöckchen, Haarnetze, Klammern, Papiertaschentücher, Nasentropfen, die Handcreme und ein paar Probeflacons einer Parfumerie jahrelang aufgehoben. Ihr fällt ein, dass er auch all die Jahre weiter auf seiner Seite des Doppelbettes geschlafen, aber stets beide Betten frisch bezogen hat.

Hat er nachts seine Hand auf ihr Kopfkissen gelegt, wenn er sich einsam gefühlt hat, ihre Schublade aufgemacht und sich vorgestellt, sie käme gleich aus dem Badezimmer, ziehe sich die Söckchen über ihre kalten Füße und das komische Haarnetz über den Kopf und kuschele sich dann in seine warmen Arme?

Ich weiß nicht wirklich, wie er mit ihrem Tod zurecht gekommen ist, denkt sie schuldbewusst. Er hat mich mit seinem Kummer tatsächlich in Ruhe gelassen, mir nichts mehr zugemutet, nachdem wir beide so lange um sie gekämpft hatten. Sie muss an ihren Mann denken, auch für sie beide wird es irgendwann soweit sein. Wie kann man das ertragen? Vielleicht, überlegt sie zögernd, vielleicht hat es ihn getröstet, dass nicht sie es gewesen ist, die allein zurückbleiben musste. So elend, wie sie war. Und überhaupt, zu überleben ist vielleicht der schwerere Part. Da, wo Liebe ist.

Sie dreht einen Bilderrahmen um, der zwischen den Sachen in der Schublade liegt. Sie hat es sich schon gedacht: ein Bild der Eltern, als noch sehr junges Ehepaar, ungewohnt respektabel in die Kamera eines professionellen Fotografen blickend. Dabei sehen sie immer noch so jung aus, als ob sie bloß Eheleute spielen würden. ´Du machst den Vatter, ich spiel die Mutter und Du bist des Kind!´ Das kommt auch in den Karton, aber den süßen Kleinkram, sie streicht mit der Hand zärtlich über die albernen Söckchen, nein, den wird sie wohl wegtun müssen. Was muss ich da eigentlich tun, denkt sie bedrückt, es ist Kram, aber trotzdem, es ist viel mehr als das.

In der Ecke liegen ein paar Groschenhefte, schlichte Liebesgeschichten, Heimatromane, Schmonzetten, Einschlaflektüre. Unter dem Stapel liegt ein Buch. Die Frau zieht es neugierig heraus und schaut verblüfft auf den Einband. Das Buch scheint alt, das Papier ist braun und brüchig, von schlechter Qualität. Oder aber einfach abgegriffen von häufigem Gebrauch. Tatsächlich sieht der Einband recht lädiert aus, abgeknickte Ecken, die Seiten zerlesen. Das Bild auf dem Einband zeigt in verblassten Farben eine merkwürdig altertümlich gekleidete Gestalt, die rennt, auf den Betrachter zuspringt.

Die Frau wundert sich und starrt auf das Buch, das ihre Mutter in ihrem Nachttisch aufbewahrt

90

hat. Sie wundert sich nicht nur, weil es so alt und schmutzig und zerfleddert ist und nicht in diesen makellos sauberen Haushalt zu passen scheint, sondern auch, weil sie es nicht lesen kann. Es ist Polnisch. Die Mutter hat ein polnisches Buch in polnischer Sprache gelesen?

Das Telefon klingelt. Mit dem Buch in der Hand geht sie schnell in den Flur und nimmt den Hörer ab. Ihr Mann hat sich informiert und eine Adresse besorgt. Sie freut sich über seine Fürsorglichkeit, fühlt sich aber auch etwas bedrängt. Wieso eine Firma, wehrt sie ab, ich komme doch gut voran. Lass mich doch machen! -Er kennt sie.- Nein, ich hebe nicht zu viel auf! Nur das Wichtigste. Unterlagen, Familienfotos, ach ja, Schmuck habe ich auch noch gefunden. Siehst Du, ich muss das schon selber machen. Die Möbel? Weiß ich noch nicht.- Weiß ich auch noch nicht, zur Kleidersammlung will ich sie nicht tun. – Hör jetzt auf, es ist mir nicht zu viel! Ich brauche einfach etwas Zeit! –

Er schweigt, dann erzählt er ihr, wie es so zuhause läuft. Alles sei in Ordnung, er erinnert sie an einen anstehenden Besuch, plaudert angelegentlich über dies und das. Sein Bemühen rührt sie, bringt sie ihm aber nicht näher. Zuletzt lässt sie sich aber doch die Adresse geben, die er herausgesucht hat.

Sie legt auf und merkt, dass sie immer noch dieses polnische Buch in der Hand hält. Stirnrunzelnd betrachtet sie den Einband mit der auf sie zuspringenden Gestalt und gesteht sich ein, dass ihr Mann das richtige Gespür für ihre Verfassung hat. Sie ist

91

nicht mehr wirklich da, seit sie hier ist. Und sie möchte sich am liebsten hier verweilen, Zeit anhalten, zurückdrehen, wieder Kind sein und alle um sich haben, die gegangen sind.

Es ist Zeit für eine Kaffeepause, sagt sie sich, und geht mit dem Buch in die Küche, um Wasser aufzusetzen.

Mit der dampfenden Tasse in der einen, dem Buch in der anderen Hand setzt sie sich wieder auf ihren Platz auf dem Sofa.

Das Wohnzimmer sieht bis auf den Karton vor der Schrankwand und dem offenen Fach noch unverändert aus. Sie seufzt. Viel sieht man hier nicht von ihrem Einsatz. Sie trinkt und stellt die Tasse schnell ab, es ist noch zu heiß. Sie blättert in dem schmuddeligen Buch und entdeckt Bleistift-Notizen am Rand. Das ist eindeutig die Handschrift ihrer Mutter. Sie hat da und dort Wörter unterstrichen, Fragezeichen an Zeilenenden gesetzt, an manchen Stellen mehrere Wörter in Deutsch mit ähnlicher Bedeutung an das Fußende geschrieben. Als ob sie Übersetzungsübungen betrieben hätte.

Sie erinnert sich an den Hallodri-Onkel, der so blond und blauäugig gewesen ist. »Wir sind reine Deutsche«, hat er ungewohnt laut und feierlich verkündet, als sie mit Fragen aus dem Geschichtsunterricht gekommen ist, »die ganze Stadt, das waren fast alles Deutsche. Die hat man dort für die Tuchindustrie angesiedelt. Zu neunundneunzig Prozent alles Deutsche!« Sie hat das Tabu gespürt und ihre Fragen behutsam zurückgenommen. Man stößt niemanden, der Halt sucht über Bodenlosem. Sie blickt wieder zu dem offenen Karton hinüber.

Die beiden Frauen liefen geschäftig hin und her, hinein in die Zimmer, heraus aus den Zimmern. Sie schleppten Körbe voller Wäsche von einem Raum in den anderen, Schmutzwäsche drei Stockwerke die gebohnerten Holztreppen hinunter in die Waschküche, nasse Wäsche die Bühnenstiege hinauf zum Trockenboden, die Bügelwäsche in das hintere Zimmer, wo nachmittags genug Licht von draußen kam, so dass hier auch gleich gestopft und ausgebessert werden konnte. Waschtag ohne Waschmaschine, aber immerhin schon mit einer elektrischen Schleuder, die wie eine Mülltonne aussah.

Die Frauen schwitzten in ihren Kittelschürzen und wischten sich den Schweiß von der Stirn. Schließlich hatten sie die ganze Wäsche geschafft und ließen sich beide bei geöffneter Tür im hinteren Zimmer nieder.

Die Babcia stellte sich an das Bügelbrett und begann, einen riesigen Berg an Bettzeug abzuarbeiten. Die Mutter hockte sich dicht neben sie ans Fenster und fing an, Socken zu stopfen. Sie schwiegen und kamen zur Ruhe, im allmählich schwindenden Gegenlicht wurden ihre über die Arbeit gebeugten Gestalten immer dunkler und undeutlicher.

Sie merkten nicht, dass sie beobachtet wurden. »Sie schläft noch«, sagte die Babcia und das Mädchen freute sich diebisch, ihrem Mittagsschläfchen so schlau entwischt zu sein. Sie hockte versteckt in einer

93

Höhle zwischen neben- und übereinander gestapelten Kartons, die gegenüber der offenen Zimmertür unter der Bühnentreppe standen und mangels ausreichender Schränke zur Aufbewahrung von allem möglichen genutzt wurden. Sie mochte die Kiste mit den Stoffresten, wo sie für ihre Puppen immer etwas Hübsches zum Anziehen fand, besonders aber die Kiste mit hart und trocken gewordenen Plätzchen von letzter Weihnacht. Wenn man sie lange genug im Mund hielt, wurden sie irgendwann richtig weich, sogar die steinharten Pfefferkuchen, die sie aus einem seitlichen Loch im Karton heraus puhlte.

Über ihrem Versteck war nur noch die rohe Holzstiege und der staubige Trockenboden unter blanken Dachziegeln. Sie kletterte manchmal hoch, um zu sehen, wie nachmittags das Sonnenlicht durch das einzige Fenster hereinschien, in richtigen Strahlen hereinbrach, mit Myriaden lautlos tanzender Staubsternchen auf ihnen. Sie wohnten in Zimmern um die Bühnentreppe herum, das war auch noch unter dem Dach, aber es war verputzt und als Wohnraum zur Verfügung gestellt worden.

Sie weichte noch ein Plätzchen in ihrem Mund auf und schluckte den süßen Matsch genüsslich herunter. Durch einen schmalen Spalt zwischen den Kartons konnte sie die beiden Frauen, Mutter und Tochter, nahe beieinander sehen. Irgendwann fingen die Frauen an, leise miteinander zu reden. Sie verstand nicht viel. Unbekannte Namen fielen, ausgesprochen wie mit vollem Mund. Am Ende immer ein Schki oder Itsch, ein Owski oder At. Lustig eigentlich, fand

94

das Mädchen. Aber die Frauen sprachen ernst, leise, düster. Bei wenigen Namen kam Wärme in ihre Stimmen, die meisten sprachen sie mit so viel Bitterkeit aus, dass sie in ihrem Versteck aufhorchte. Manchmal seufzten die Mutter und die Babcia gleichzeitig. »Jahrelang gute Nachbarn….. und dann so!«.

Sie lauschte mit angehaltenem Atem und verstand, dass »die Russen« gekommen waren und in der ganzen Stadt schrecklich gewütet hatten. Sie wusste zwar nicht, was das zu bedeuten hatte, aber sie spürte das Grauen, das die beiden Frauen immer noch empfanden.

Verwirrt und zunehmend entsetzt horchte sie weiter und erfuhr, dass dann sogar gute Nachbarn, ein Schki oder die Owskis, gemein wurden, die Gelegenheit genutzt und ihnen einfach Sachen weggenommen, sie bei den Soldaten angeschwärzt und mit der Mutter, die noch ein Mädchen gewesen war, genauso schlimme Sachen wie »die Russen« gemacht hatten. Und dann verstand sie mit einem Mal nichts mehr, weil die Babcia und die Mutter anfingen, in einer fremden Sprache miteinander zu flüstern, und sie strengte sich an, irgendetwas zu verstehen, aber sie kam nicht mehr mit, nur ihr eisiger Schrecken und ihre wachsende Angst begleiteten die beiden Frauen in ihre Vergangenheit, und ihr überwältigendes Verlangen sie zu beschützen, vor was auch immer. Und die Stimme der Mutter wurde immer höher und gepresster und die Stimme der Babcia immer schwerer und dunkler und beide Frauen hielten ihre Köpfe tief über die Arbeit gebeugt, bis die Ältere irgendwann ihr

Bügeleisen abstellte und zu der Jüngeren hinüberging und sie fest in ihre Arme schloss, ihr Kind wieder an ihrer Brust wiegte, es tröstete, wenn sie es auch nicht hatte schützen können.

Und dann sang die Babcia, während sie ihr weinendes Mädchen hielt, summte erst leise und immer lauter, bis ihr Lied deutlich zu hören war, eine schöne, traurige Melodie, tröstlich und dunkel, und das Kind verstand die fremden Worte immer noch nicht, aber die Liebe, die Traurigkeit, den Schmerz, das Mitleid verstand es wohl und auch, dass seine starke, fröhliche Mutter in dieser fremden Sprache ein wundes, krankes Kind war.

Niemals wieder hörte sie sie in dieser Sprache reden.

Die Frau starrt auf das zerlumpte Buch in ihrem Schoß, dessen Inhalt vermutlich gar nichts bedeutet hat.

Nur die Sprache darin muss die Mutter erinnert haben, an sich selbst, an Schönes, an Schreckliches. An alles, das sie einst voller Abscheu und Entsetzen für immer hatte abschütteln wollen. Als wär´s kein Teil von ihr. Alles hatte sie in dem Moment zurückzulassen versucht, in dem sie mit der zu Tode erschöpften Mutter an der einen und dem fast verhungerten kleinen Bruder an der anderen Hand über die Grenzlinie von der russischen zur amerikanischen Besatzungszone gestolpert war.

Es hat nicht funktioniert, denkt die Frau und spürt wieder das brennende Mitleid in ihrer Brust, das ihr schon damals in ihrem Versteck hinter den Kartons fast die Luft abgeschnürt hat. Sie ist auch erschüttert von der Erinnerung an sich selbst, von der Erkenntnis, dass ihr kindliches Mitleiden grenzenlos, ihr Wunsch zu helfen, zu beschützen, wieder heil zu machen so übermächtig, so überdauernd gewesen ist. Und so hilflos.

Ihr Rücken schmerzt, sie ist völlig verspannt und steif. Sie grübelt über ihre Berufswahl, über ihre politischen und ehrenamtlichen Aktivitäten nach, über ihr bemühtes Gutmenschentum, über ihr permanent schlechtes Gewissen und ihre anstrengenden Anforderungen an sich und manchmal auch an Andere. Sie tut nicht immer gut damit.

Das hat damals hinter den Kartons angefangen, denkt sie, wenn ich bloß einmal locker lassen könnte.

Schließlich rafft sie sich auf, reibt sich den Nacken, dehnt und streckt sich und bringt ihre Tasse wieder in die Küche.

Sie stromert nachdenklich durch die Wohnung, lüftet, verschafft sich Bewegung und geht mit dem Buch zurück ins Schlafzimmer. Sie packt es zu den Ordnern, Sparbüchern und dem Schmuck und schafft den nur halb gefüllten Karton in das Wohnzimmer. Ja, so wird sie es machen, hier im Wohnzimmer wird sie die Kartons neben das Sofa abstellen, die sie mitnehmen will. Die mit den Dingen, die sie zur Erinnerung aufbewahren will, und die mit den Unterlagen, die sie aus sachlichen Gründen benötigt. Die Fotokartons wird sie nachher gleich dazustellen, wenn sie endlich fertig zusammengepackt sind.

Sie verspürt allmählich Hunger und erinnert sich an den Knabbereien-Vorrat, den der Vater im Schrankfach neben dem Fernseher bereitgehalten hat. Sie stöbert darin und findet noch Salzstängel und Butterkekse, die sie in die Küche trägt. Sie gießt sich den Rest des warmen Wassers in ihre Tasse, trinkt durstig und isst, über das Spülbecken gebeugt, ein paar der Kekse. Sie hat schon den ersten Hunger gestillt, als ihr einfällt, dass sie sich wegen der Krümel gar keine Gedanken mehr machen muss. Sie richtet sich auf und nimmt noch von den Salzstängeln eine Handvoll. Beim Abbeißen fallen ein paar winzige Laugensplitter und einige Salzkörner auf den Boden. Sie sieht ihnen nach und fühlt sich wie jemand, der einen heiligen Ort entweiht.

Was kann ich mit dem Schlafzimmer denn sonst noch machen, überlegt sie benommen. Aber eigentlich hat es sich mit dem halbvollen Karton ja schon, mehr kann ich doch nicht mitnehmen davon. Aber da sind die Schränke, und alle voll mit Sachen, die Betten, ach, du liebe Zeit, die Matratzen und das Bettzeug sind ja auch noch da!

Sie hält sich an der Spüle fest und kämpft gegen das Gefühl an, völlig überfordert zu sein. Denk in kleinen Schritten, ermahnt sie sich, mach eins nach dem anderen!

Warum mache ich nicht erst einmal mit diesem Schrank in der Toilette weiter, überlegt sie. Das ist doch wenigstens etwas Überschaubares und schnell

98

erledigt. Und ich kann dann einen Raum wenigstens ganz abhaken. Genau, denkt sie und versucht sich aufzumuntern, bleibt aber in plötzlichem Unbehagen an die Spüle gelehnt stehen.

Sie hörte das leise Klappen der Schranktüren immer, egal wie vorsichtig die Mutter sie öffnete oder schloss. Ihr Gehörsinn war darauf geeicht wie die Ohren einer Mutter für ihren nebenan wimmernden Säugling.

Sobald die Mutter die Toilette aufsuchte, spannte sie ihren Rücken über ihren Hausaufgaben an und wurde hellhörig. Manchmal vernahm sie nur die üblichen Geräusche von Spülung und Wasserhahn, dann gab es wieder eine Gnadenfrist Normalität. Oft genug klappten aber die Türen leise. Und sie konnte sehr bald genau unterscheiden, ob es die obere oder die untere Tür des Schrankes war. Die untere hieß ebenfalls Entwarnung, da es nur um den Nachschub an Toilettenpapier, Binden oder Papiertaschentüchern ging.

Klappte die obere Schranktür, war es gut, sich zu wappnen. Gegen die Kälte, die gleich im Raum stehen würde, gegen die unaufhebbare, völlige Abwesenheit der Mutter, sobald sie wieder ins Zimmer treten würde, gegen das stundenlange, bewegungslose Vor-sich-Hinstarren.

Sie dreht den Wasserhahn auf und trinkt aus der hohlen Hand, das kalte Wasser erfrischt, sie kühlt

99

sich mit der feuchten Hand die Stirn und schüttelt sich energisch. Dann holt sie sich mit der inzwischen doch gewonnenen Routine einen Karton und einen Müllsack aus der Abstellkammer, öffnet die Tür zur Toilette und schaltet das Licht an. Sie zögert kurz, dann öffnet sie zuerst die untere Schranktür. Eine Papierrolle stellt sie auf den Spülkasten, sie wird sich ja hier wohl noch etwas verweilen. Die restlichen Vorräte an papiernen Hygieneartikeln wirft sie in ihren Müllsack. Na also, ermutigt sie sich, geht doch! Das untere Schrankfach ist leer. Sie öffnet das obere Fach und lässt den Arm sinken. Genau das hat sie befürchtet. Das Fach ist durch einen Regalboden nochmals unterteilt und beide Abteile sind bis zum Geht-nicht-mehr vollgestopft mit Schachteln, Dosen, Metallröhrchen und kleinen braunen Flaschen. Tabletten, Tropfen, Zäpfchen, Kapseln, Dragees.

Vorne liegen die Medikamente, die der Vater in den letzten Jahren gelegentlich benötigt hat. Angebrochene Packungen Antibiotika – er war doch langsam etwas anfälliger geworden, obwohl er noch im Vorjahr jeden Tag bei Wind und Wetter über die Felder marschiert ist -, Abführmittel, hin und wieder gebraucht seit einer Altmänner-Operation. Seine Herztropfen. Cremes und Salben gegen alles Mögliche, auch gegen die fiesen Druckstellen unter der Prothese.

Früher hatte er an Weihnachten Nüsse für sie aufgeknackt mit seinen prächtigen Zähnen. Im Alter kämpfte er ständig mit seinem »Klappergebiss«, das drückte und nicht richtig sitzen wollte. Deshalb holte er es bei jeder Gelegenheit heraus, suchte nach vorstehenden Kanten und zeigte sie der leicht geniert dreinblickenden Familie.

Er hielt sich bis zum Schluss sehr gepflegt und achtete auf sein Äußeres, aber es wäre ihm gar nicht eingefallen, sich für so etwas Natürliches wie seinen Körper zu schämen.

Genauso wie zu sich selbst stand er zu seiner Frau, auch in ihren schlimmen Zeiten, als sie selbst sich nur noch verstecken wollte. Jederzeit und erst recht, und alles andere wäre ihm albern erschienen. Mit all seiner Kraft versuchte er, sie im Leben zu halten.

Er liebte sie, auch dann noch, als ihre Albträume sich mit allen Betäubungsmitteln der Welt nicht mehr vertreiben ließen, als sie immer unberechenbarer und befremdlicher wurde, als sie mit den Erinnerungen in ihrem Kopf nicht mehr leben und außer der engsten Familie niemanden mehr sehen wollte.

Als sie so lange hungerte, bis sie wieder dem halb verhungerten Mädchen ihrer ersten Begegnung glich und fast nur aus übergroßen dunklen Augen zu bestehen schien, als sie die Wohnung kaum noch verließ und trotzdem selten anzutreffen war. Als das Heim zur Festung wurde.

Er haderte nie, aber die Sorge lastete schwer auf ihm. Schweigend nahm er Zuflucht zu seiner altbewährten Methode: er schwamm immer weiter, ruhig,

101

beharrlich, sparte Kräfte, dachte nicht an seine Wunden und vertraute irgendwie auf Rettung.

Ihr Blick schweift über die weiter hinten gestapelten Packungen, die verstaubt, vergilbt und durch häufiges Öffnen und Schließen verbeult hinter den Medikamenten des Vaters liegen. Er hat sie nicht entsorgt. Warum nur hat er sie nicht endlich fortgeworfen, dieses ganze Gift, das so wenig geholfen und so viel zerstört hat?

Sie muss die Packungen gar nicht erst herausholen und die Namen lesen, sie erkennt alle sofort wieder, kann jede Schachtel, jede Flasche, an die sie sich bis eben überhaupt nicht mehr erinnert hat, sofort benennen. Alle diese verdammten Medikamente, keine Heilmittel, sondern Gifte, die ihr die Mutter schleichend, immer mehr und schließlich ganz genommen haben, liegen hier einfach so in aller dreisten Selbstverständlichkeit vor ihr. Schmerzmittel, Beruhigungsmittel, Schlafmittel, Angstlöser, Stimmungsaufheller. Sie kann immer noch die Fachworte aufzählen, nach all den Jahren: Analgetika, Tranquilizer, Anxiolytika, Antidepressiva. Sie hat sie auswendig gelernt als halbes Kind, um von Ärzten ernst genommen zu werden, die die Mutter und ihr rätselhaftes Leiden nicht ernst nahmen.

Sie wusste, dass sie es besser hatte als jeder vor ihr. Frieden, Wohlstand, Schulbildung. Essen satt. Tausend Möglichkeiten, freie Wahl.

Vom ersten Schultag an wusste sie es, dankbar und beschämt. Sie hatte es genauso wenig verdient, wie Andere Leid verdient hatten. Wenn das Leben ungerecht ist, heißt das nicht, dass der Bevorteilte es auch ist. Ihr war, als habe sie zu viel bekommen vom Leben und müsse nun selbst für Ausgleich sorgen. Ihrem Glück gesellte sich Schuld hinzu, ihrer Freiheit Pflicht. Mit der Unbedingtheit der Jugend wollte sie ihr Leben einsetzen, in den Dienst stellen, teilen.

Als sie das nächtliche Trinken und Starren der Mutter nicht mehr ertrug, setzte sie sich über den zögernden Vater hinweg. Sie schleppte die Mutter zu einem Nervenarzt, verriet sie, legte alles bloß, was zwischen den stummen Wänden dieser Wohnung Tag für Tag ablief und erhoffte dafür endlich Rettung.

Es waren die Siebziger Jahre, der Arzt war nicht viel älter als die Mutter. Er hörte ihr ernsthaft zu, verstand nichts und dachte sich sein Teil. Und so dachte er als gebildeter Mensch seiner Zeit vielleicht über alte Schuld nach, noch mehr beschäftigte ihn aber das Fehlschlagen von Selbstverwirklichungs-Wünschen im Heute.

Von Wunden, die nicht heilen, und von Bildern im Kopf, die nicht weichen wollten, wusste er ebenso wenig wie von verlorenem Vertrauen. Oder wollte nicht wissen, weil er selbst das Vergessen vorzog.

Diese blasse, abgezehrte Frau mit ihren großen, dunklen Augen musste unzufrieden sein mit ihrem

Leben, missachtet in ihrer Familie, ohne eigenen Beruf und äußere Anerkennung, erschöpft von öder Alltäglichkeit, das typische Schicksal der Nur-Hausfrauen und Mütter. Was hätte denn sonst diesen Abgrund an Trauer und Schmerz hervorrufen können, diese wilde Verzweiflung an einem Leben, das doch offenbar wohlgeordnet und sicher war?

Ein paar strenge Ermahnungen an die Familie und nie versiegende Rezepte voller Glückspillen waren das Ergebnis ihres Rettungsversuches.

Die Mutter schluckte auch sie noch, hungerte inmitten ihrer Vorräte und trank weiter, ohne mit dem Brüten und Starren in schlaflosen Nächten aufzuhören.

Sie greift vorsichtig in den Schrank und holt einige der vorderen Packungen heraus. Das Verfallsdatum ist auch bei Vaters Medikamenten meist schon überschritten. Sie überlegt, ob sie diese ganze Ansammlung in die nächste Apotheke zur Entsorgung bringen müsste, aber das widerstrebt ihr. Nachher erkennt man sie dort wieder und zieht angesichts dieser Gifthaufen nachträgliche Schlüsse, die nur noch unnötig beschämen.

Wen denn jetzt noch beschämen, fragt sie sich, während sie mit der einen Hand einen Müllsack offen unter das Schrankfach hält und mit der anderen Hand einfach durch die Schachteln und Dosen und Fläschchen fährt und alles hineinschaufelt. Weshalb sollten sich die Verstorbenen dafür schämen, dass sie vor langer Zeit mit Schaden überlebt haben?

Einige Packungen fallen neben den Sack zu Boden, sie hebt sie auf und wirft sie fast wütend hinein. Bitter murmelt sie die Namen ihrer damaligen Gegner, gegen die sie vergeblich gekämpft hat: Tavor, Valium, Limbatril, Lexotanil, Librium, Dormicum, Rohypnol macht Birne hohl – verdammt, wieso hat man ihr dieses ganze Zeug gegeben? Jahrelang hat der alte Hausarzt einfach weiterverschrieben, was der Nervenarzt nach diesem einmaligen Gespräch empfohlen hatte. Und ständig kamen neue Pillen auf den Markt, die sie auch noch ausprobieren sollte. Wie viele Frauen wurden so ruhiggestellt, am Schreien gehindert, aber nicht an der Selbstzerstörung?

Sie bindet die Mülltüte zu und bringt sie in die Kammer. Sie wird sie auf die Deponie mitnehmen, zur Not wird sie sie zu den Containern mit Problemabfällen bringen, da werden doch auch Gifte und Spritzmittel aus der Landwirtschaft abgegeben. Hauptsache, niemand sieht sie damit!

Sie steht vor den Kartons und Müllsäcken, die sich in dem kleinen Raum drängen, und entdeckt erschrocken, dass sie sich schämt, abgrundtief, entsetzlich schämt. Nein, denkt sie, nicht für meine Mutter, nicht für meine Familie. Ich schäme mich für mich selbst! Ich hasse mich, ich hasse mich! Weil ich versagt habe, weil ich weder Hilfe noch Rettung gebracht, sondern alles sogar noch viel schlimmer gemacht habe, weil ich im entscheidenden

Moment nicht da gewesen bin. Weil ich so viel habe lernen dürfen und es doch nichts genützt hat. Sogar meine Berufswahl ist vergeblich gewesen, lächerlich und kindisch im nachhinein. Vielleicht habe ich ja ein paar Leuten helfen können im Laufe der Jahre, nur nicht denen, für die ich diesen Weg gegangen bin. Sinnlos das Ganze, es macht alles keinen Sinn. Gewogen und zu leicht befunden. Ich habe nicht genug aufgepasst, ich habe sie nicht beschützt, ich habe sie nicht gerettet. Auch ihm habe ich zu wenig gegeben, keine Hoffnung habe ich erfüllt. So schwach!

Der Vater hat sich nach jahrelanger Trauer selbst gerettet, er ist einfach vertrauensvoll weitergeschwommen, hat seine Spaziergänge in die Stadt gemacht, die Wohnung in Ordnung gehalten, sich auf ihre Besuche gefreut. Und fest daran geglaubt, dass seine Liebste auf ihn warte. Irgendwo, wo sie schließlich glücklich sein würden.

Sie kann ganz plötzlich nicht mehr, der Schmerz drückt ihr die Luft ab. Sie dreht sich um und läuft in das Schlafzimmer der Eltern, zerrt den Stapel mit dem zerknüllten Nachthemd der Mutter aus dem Schrank und wirft sich damit auf das Bett. Sie wühlt sich unter die Decken, presst den Stoff an ihr Gesicht und fängt an, hemmungslos zu schluchzen. Sie schreit und windet sich und krümmt sich wie ein verzweifeltes Kind zusammen, zieht sich Decken und Kissen über den Kopf und muss ertragen, dass sie nichts mehr zurückhalten kann von all der Not, die sie nun so viele Jahre ihres Lebens unbemerkt mit sich herumgetragen hat. Alles flutet aus ihr heraus, erschüttert sie, sprengt sie fast. Schmerz und Mitleid drängen heraus, heiß und feuerrot fühlen sie sich an, schwarz und dick wie Lavamassen wälzen sich Trauer und Angst über sie, Scham und Bitterkeit und Schuldgefühle quellen gelb und stinkend wie Eiter aus allen Poren, Versagen legt sich wie grauer Schatten über alles – es kommt und kommt und manches hat nicht einmal einen Namen. Und es hört nicht auf, bis sie sich wie umgestülpt und ausgeleert vorkommt, bis nichts mehr übrig ist von dieser schweren Last, der Last vieler Leben. Und schließlich verebbt ihr Schluchzen und sie liegt erschöpft unter den Decken und merkt, dass sie im Graben liegt, zwischen den Betten von Vater und Mutter, wo sie auch als kleines Kind schlafen durfte, wenn sie Angst hatte oder krank war.

Sie presst das Hemd, das nach der Mutter duftet, an ihr Gesicht. Und während sie daran riecht, wird sie ruhiger, fühlt sich wieder klein und getröstet. Und allmählich entdeckt sie, wie sehr ihr das gefehlt hat und dass sie Trost verdient hat, weil sie viel zu klein eine viel zu große Aufgabe auf sich genommen hat. Und sie wundert sich, weil sie sich gar nicht schämt über ein zaghaft keimendes Selbstmitleid.

Schließlich schlägt sie die Decken zurück und setzt sich auf, stopft sich ein Kopfkissen in den Rücken und schaut nachdenklich auf das Hemd in ihren Händen. In dem zerdrückten Stoff fühlt sie einen weichen Knäuel und faltet das Hemd auseinander. Sie findet ein grellbuntes Wollsöckchen zwischen den Falten. Vielleicht ist das vorhin beim Herausziehen aus dem Schrank dazwischen geraten, vielleicht ist das auch schon immer so aufgehoben worden. Sie starrt es an, ungläubig, dann nimmt sie es hoch und betrachtet es von allen Seiten. Es gibt keinen Zweifel, sie erkennt es. Die Mutter hat das bunte Söckchen aufgehoben, das die Babcia am letzten Tag ihres Lebens an ihrem kranken Fuß getragen hat.

Die Mutter lag selbst krank im Bett, als die Babcia schwer atmend aufstand und nach der Enkelin rief. Sie wollte sich entgegen ihrer Gewohnheit noch vor dem Frühstück sauber waschen und anziehen und schaffte das nicht allein. Das Mädchen half ihr, seltsam bange, und zog ihr dabei das bunte Söckchen über den schon offenen und bandagierten Fuß. Danach sah die Babcia nach ihrer Tochter, keuchend und sich kaum noch aufrecht haltend, aber merkwürdig ruhig und entschieden. Sie nahm ihr Frühstück ein, ohne ihren Zustand auch nur im geringsten zu beachten. Sie aß, noch ein letztes Mal, mit Genuss und Achtsamkeit, trank ihren letzten Kaffee, ebenso bedachtsam und unerschütterlich bis zum letzten Tropfen. Und dann brach sie zusammen. Da keiner hatte hören wollen, was sie in aller Gelassenheit nur wenige Tage zuvor angekündigt hatte, wurde ihr noch eine hektische Fahrt in das nächste Krankenhaus zugemutet. Da hatte sie sich schon ganz in sich zurückgezogen, ihren Weg bereits eingeschlagen und kümmerte sich nicht mehr darum, was weiter mit ihr unternommen wurde. Die Enkelin folgte dem Krankenwagen in heißer Angst, bangte dem Ende der Untersuchungen entgegen und stürzte sich danach an das Bett der Kranken, die ruhig und mit geschlossenen Augen dalag, offensichtlich schon weit weg. Als sie nach der Hand der Babcia griff, floss Kraft, eine große wunderbare Kraft zwischen ihnen und für einen Moment, der ihr noch geschenkt wurde, blieb die Zeit stehen. Und in diesem kurzen Moment unterbrach die Babcia ihre Reise noch ein letztes Mal, öffnete ihre Augen mit einem überglücklichen Strahlen und sagte nur: »Du bist da!«

Dann schloss sie die Augen für immer und das Mädchen konnte ihrer Mutter nur noch das Söckchen mitbringen, das ihr eine Schwester in die Hand gedrückt hatte.

Ich bin da, sagt die Frau vor sich hin, ich bin da. Sie schaut auf das komische Nachthemd und das ulkige Söckchen in ihren Händen, sie sieht an sich herab, wie sie im Bett ihrer Eltern sitzt, an das Kissen gelehnt und halb zugedeckt.

Ich bin da, sagt sie vor sich hin, weil ihr das bedeutsam erscheint, und schaut auf den unausgeräumten Kleiderschrank vor sich und denkt an die ganze Wohnung um sie herum, die so voller Erinnerungen steckt, die Leid und Verstörung verborgen hat, die aber ebenso auch von tiefer Liebe, von Freude und von Hoffnung erfüllt ist. Etwas löst sich in ihr und alles erscheint ihr heller als zuvor.

Ich bin da, denkt sie. Mit Verwunderung, weil das die Lösung ist. Es ist nie in ihrer Macht gelegen, Geschehenes ungeschehen zu machen und Wunden zu heilen, die lange vor ihrer Zeit geschlagen worden sind. Und trotzdem hat sie nicht versagt.

Erschüttert, verstört, beschädigt, wie auch immer sie alle überlebt haben: sie haben überlebt.

Und wofür? Für das Leben! Damit das Leben weitergeht und noch eine Chance bekommt. Und noch eine, und noch eine. Und eine davon ist sie selbst.

Mehr braucht sie gar nicht zu tun, um alle Hoffnungen zu erfüllen, als einfach zu leben. Ihr Leben zu leben. Sonst nichts.

Und so bleibt die Frau noch eine Weile in dem großen Bett liegen. Mit geschlossenen Augen und einem Lächeln um den Mund genießt sie die Ruhe, die sich in ihr ausbreitet, und die stille Freude darüber, dass alles auf einmal so einfach ist.

Schließlich steht sie auf, das Söckchen und das Nachthemd in der Hand, und geht in das Wohnzimmer, wo sie sie in den offenen Karton mit dem Schubladen- Inhalt legt. Dann kniet sie sich vor den Wohnzimmerschrank und packt zügig die letzten Diakästen in den bereitstehenden Karton ein. Was nicht mehr hineingeht, kommt noch in

110

den halbleeren Karton mit ihren Büchern. Zuletzt stehen drei vollgepackte Kartons neben dem Sofa. Das war´s. Alles Wichtige und alles Wesentliche.

Dann geht sie zum Telefon. Dort liegt der Zettel, den sie benötigt. Sie ruft die Nummer darauf an und führt ein längeres Gespräch, schreibt sich die Wegbeschreibung auf.

Anschließend ruft sie ihren Mann an. Ich hole jetzt meinen Wagen und packe ein, sagt sie. Dann fahre ich noch zu der Firma und gebe denen die Schlüssel. –

Er wartet.- Ich bin durch, sagt sie. Und wunderbarerweise versteht er.

Ich komme jetzt heim. Zu Euch. Endlich ist alles gut.